Somos historias

1.Septiembre

Llega septiembre, la llegada del otoño y empieza un nuevo curso en el Proyecto Incluye.

Proyecto Incluye es una asociación y centro ocupacional para personas con diversidad funcional, lleva diez años en funcionamiento, cada vez llega más gente nueva y cada uno tiene sus necesidades. Las ambiciones del Proyecto Incluye cada vez son más altas, pues quieren atender a las personas y adaptarse a la necesidad de cada uno.

En un principio el Proyecto Incluye estaba hecho para apoyo al empleo para personas con discapacidad psíquica e intelectual, más tarde se dedicaron a la vida independiente de estas personas y también la calidad de ocio e integración de las personas.

La gente con discapacidad vale como cualquier otra persona que no tenga discapacidad, lo importante en el mundo es ser buena persona y también ser lo más feliz posible. El problema es que las personas con discapacidad son discriminadas constantemente, además que necesitan un apoyo para aprender a gestionar sus vidas… y claro ¿quién no?

Proyecto Incluye defiende la igualdad y la autonomía personal, y tanto técnicos del proyecto incluye como usuarios aprenden unos de otros.

Para Victoria, una de las educadoras sociales del centro, estaba deseando la llegada de la vuelta al trabajo, pues ayudar y ver las sonrisas de los demás la hacía evadirse de sus problemas. Pues su madre había sido diagnosticada de Alzheimer con apenas 60 años, y ya no había vuelta atrás, su madre empezaría cada vez a ser más dependiente y evadirse de los recuerdos. En cambio, los jóvenes usuarios del proyecto incluyen cada vez conseguirían más autonomía y aunque no es un camino fácil, Victoria siempre ha tenido mucha fe en el trabajo que su equipo hace por ellos.

Para Karen este año iba a empezar como nueva socia del proyecto incluye, y tenía un poco de miedo, pues no sabía que se podía encontrar en ese centro ocupacional.

Karen era una persona asperger y también tenía Trastorno de Déficit de Atención e Hiperactividad no había tenido mucho éxito en los estudios, y todavía menos con las amistades. No confiaba mucho en la oportunidad del proyecto incluye y le daba mucha vergüenza tener reconocida una leve discapacidad, y no quería relacionarse con gente que aparte de no conocer de nada, tendrían ciertos problemas psíquicos y "retrasos mentales".

Los padres de Karen ya le habían dicho que no juzgará a los demás por su apariencia, ni sus dificultades.

Llegó el gran día de empezar con el centro ocupacional. Ahí habría varios grupos:

Karen pertenecería al grupo de jóvenes de 16 a 21 años donde a primera hora de la mañana, aprenderían repaso de materias básicas como matemáticas, lengua, historia y ciencias naturales, también algún día harían actividades de educación física o de manualidades. Tres días por semana verían las noticias de actualidad en los diarios, durante media hora, antes de ir al recreo a desayunar. Y después de desayunar harían el taller de restauración de muebles hasta las 13:30.

También para ir y volver al centro ocupacional, había unos conductores que los llevaban con furgonetas.

Victoria les explicó el procedimiento de las clases encantada, y presentó a las nuevas incorporaciones a la clase de jóvenes. Karen era el centro de la atención, todo el mundo la miraba, pues ella era la chica nueva. Karen miraba a los demás con inseguridad, y con miedo de no poder integrarse.

A Karen lo que sí que le gustó era que el primer día darían clases de historia, aunque con un nivel básico. Pues la historia despertaba cierta curiosidad a Karen y le encantaba como la explicaba Victoria, la educadora social de Incluye.

La verdad es que Karen confiaba más en esta nueva experiencia con el carisma y la simpatía de Victoria.

Al terminar la clase, vieron un poco el noticiario en sus respectivos ordenadores.

Cuando salieron al recreo a comer el bocadillo, había gente de otros grupos y otros educadores sociales.

Karen se sentó con Victoria, Victoria sin que Karen abriera la boca, sabía que sentía Karen en su primer día y le dijo:

-Estoy contigo en esto, todos hemos sido novatos en algún lugar y día a día habrá cosas que nos sorprendan y las tendremos que afrontar y un día muchas sorpresas e improvistos lo disfrutaras.

- A mí me gusta tenerlo todo planeado. -Contestó Karen.

- ¿Y cuáles eran tus planes? -Preguntó Victoria

-Tampoco lo sé. -respondió Karen

- Aquí te vamos a orientar para tus decisiones y tus planes, pero debes disfrutar de esta diversidad, a la que todos pertenecemos. -Afirmó Victoria.

Victoria fue a saludar a un hombre con bigote, y lo presentó a Karen. El hombre del bigote se llamaba Alfredo e iba a ser el profesor de restauración de muebles después del desayuno.

A Karen le daba mala espina los hombres con bigote así que se sentó con una chica de la clase, que enseguida le habló a Karen:

- ¡Uy, hola nueva! Me llamo Rebeca, tú tienes un nombre raro, ¿no? ¿Cómo era?
- Karen.
- ¡Por fin hablas! Aunque eres muy breve... no pasa nada, yo te voy a preguntar muchas cosas, todos me llaman cotilla. Me sé la vida de todo el centro ocupacional, mira ese chico que ves enfrente es Juan, y coquetea con todas las chicas...
- Claro, es un don Juan. -Dijo Karen sonriendo.
  Se acercó a ellas José, otro chico de la clase el cual tenía síndrome de Down y

enseguida entabló conversación con Rebeca y Karen.

-Hola nueva, digo... Karen. ¿Qué música te gusta?

- A mí un poco de todo. Pero mi favorita es la de Pop me gusta mucho Lady Gaga, Britney Spears...

- ¡Grandes divas! A mí también me gusta mucho el género de música urbana, ¿Conoces a mi diosa? -preguntó José y le enseñó un fondo de pantalla de Bad Gyal.

José era muy fan de la música pop, Reggaetón y trap. Quería ser bailarín.

José hizo una demostración de lo bien que bailaba la canción Flow 2000 de su diosa Bad Gyal. Todos aplaudieron, José tenía potencial como bailarín.

Seguidamente entraron a la clase del señor Alfredo. Que los puso por parejas para hacer un proyecto de velas de madera. A Karen la pusieron con el Don Juan, que mientras hacían las tareas que había pedido el profesor no se cortó en preguntarle a Karen su situación sentimental:

-Karen, eres muy guapa, seguro que tienes un novio ¿no?

-No, no tengo. -Respondió Karen.

- Ahora ya tienes, soy yo. ¿Cuándo Alfredo no mire te puedo dar un beso?

Juan, no era un acosador ya que decía estas cosas inocentemente, podríamos decir que tenía mucha necesidad sexual y era muy impulsivo.
Los técnicos de Incluye se dieron cuenta muy pronto de los impulsos de Juan, y su falta de discreción y trataban de hacer lo posible para que aprendiera a controlarse y saber tratar mejor a los demás.
Aun así, para Juan, el proceso de controlar sus impulsos estaba siendo muy lento por mucha ayuda que recibiera.
Juan quería lo que muchas personas quieren, disfrutar de tener pareja y del sexo. Pero no sabía cómo no espantar a una chica en la primera conversación.
Para Karen fue realmente incomoda esa primera conversación y un poco molesta dijo tajantemente:
- Conmigo nunca tendrás nada.

Karen sabía lo que era enamorarse, de hecho, tuvo un enamoramiento bastante obsesivo en la época del instituto, pero su amor fue platónico, y él nunca se fijó en ella. También sabía lo que era ser rechazada y le supo mal rechazar a Juan de forma tan seca. Juan era como ella, solo querían agradar y aunque el amor no era correspondido, Karen trató de ser simpática.

-Perdona Juan, si te ha molestado, se lo que duele que te rechacen, pero si nos conocemos podemos tener probablemente una amistad.

Juan que pese a ser muy "tira cañas" era un buen chico y le dijo con una sonrisa:

- De acuerdo, amiga.

2. Rutina de Alicia

Mientras unos entraban a las nuevas clases del proyecto incluye, Alicia iba a trabajar como cada mañana de Ordenanza en una institución pública.

Alicia, aconsejada por el proyecto Incluye estudió oposiciones junto a algunos de sus compañeros del centro, y consiguió plaza en la administración pública.

Alicia llevaba poco tiempo yendo a trabajar de ordenanza así que con ella iba a acompañarla Juanjo, su preparador laboral.

Alicia por el trabajo hacia el que hiciera falta, pues le hacía mucha ilusión, pero no había superado sus miedos y obsesiones.

Subir cada día al metro se le hacía cuesta arriba, cada día cuando bajaba al metro, ese lugar de túneles oscuros tan lleno de gente apretada, sudada y posiblemente llena de gérmenes y enfermedades como por ejemplo el CO-VID19 le asustaba.

Juanjo siempre la acompañaba al metro de Valencia, pero ese día Juanjo, después de un verano intentando que Alicia superará sus miedos, había cogido unos días de vacaciones a Polonia.

Alicia dudó si ir andando al trabajo, pero no quería llegar tarde al trabajo, tampoco sudada.

Así que siguió el consejo que le dijo Juanjo antes de irse a Polonia: "Cierra los ojos y repite como un mantra: Solo son 5 minutos"

Alicia, muy precavida se puso los guantes desechables y su mascarilla fpp2 y bajo a la boca del metro donde la llevó al trabajo.

Ese mismo día, por casualidad Andrés volvía a su trabajo después de sus vacaciones y como siempre usaba el metro de las 7:48 al igual que Alicia, y fue el único que se percató de la aprensión que tenía Alicia al metro.

Desde el primer momento a Andrés le dio mucha curiosidad de acercarse a esa bella mujer, sin embargo, no lo hizo, pues no le gusta agobiar a nadie en el transporte público.

Alicia salió del metro, mientras a Andrés aún le quedaba otra parada.

Rápidamente Alicia se quitó sus guantes y se puso su querido gel hidroalcoholico.

Alicia lo había pasado mal esos 5 minutos de metro, y había imaginado que el tren quedaba atascado en aquellos túneles subterráneos del metro. También le atormentó ver imágenes en su cabeza de cómo dentro de las vías del metro había una bomba o el metro descarriaba.

Alicia sufría mucho y aunque su trabajo le gustara, le daba un sueldo fijo y tenía buenos compañeros, Su mente era su peor enemiga a causa de su Trastorno Obsesivo Compulsivo.

Cuando a Alicia le tocó fichar su huella en el identificador, empezó su jornada y lo primero que hizo es lavarse las manos mientras lloraba, lloraba de impotencia por no ser normal. Sabía que esas manías que tenía no tenían ningún sentido, pero no podía dejar de hacerlas.

Se sentía muy sola sin la ayuda de proyecto incluye, no se veía capaz de hacer su trabajo y menos cuando Luis, su jefe le pidió que destruirá papel viejo. Era la primera vez que destruía papel. Normalmente su trabajo era muy rutinario y cómodo. Solo repartía material y cartas a las oficinas.

- ¿Y ese papel no podéis tirarlo al contenedor azul? -Dijo Alicia muy tensa al imaginar que la destructora le rozaba el pelo y se lo cortaba por accidente, o peor, como la destructora de papel le cortaba sus dedos.

- No puede ser, hay datos personales en estos documentos. Lo conveniente es que lo destruyas. - Afirmo su jefe.

Alicia empezó a destruir papel, no tenía ningún misterio y destruir papel era fácil, para Alicia las oposiciones fueron fáciles de estudiar, su trabajo es fácil, muchas cosas para ella eran fáciles, pero no le era nada fácil controlar sus pensamientos.

Alicia destruyó papel con ganas, sin embargo, le llegó a poner tantas ganas y profesionalidad que no paró de comprobar si la destructora funcionaba bien y miraba entre tantos papeles rotos por la destructora que no hubiera resto de ningún dato personal.

Luis la pilló hurgando en los papeles y enseguida sospechó que quizá Alicia cotilleaba datos personales, en cuando realmente hacía lo contrario.

- El papel se destruye sin mirar.
- Perdona, estaba comprobando que no hubiera rastro de datos personales, porque tal y como están las cosas hoy en día, es mejor como tú dices, deshacerse de todos los datos personales. -Dijo Alicia.

- Tranquila, la destructora como ves deja todo el papel en tiras. Además, necesito que no te distraigas. ¿De acuerdo?

Y Alicia asintió.

A la vuelta en el metro para volver a casa, Alicia entró con los ojos cerrados por la fobia que le daba y se dio de bruces con Andrés, el mismo que la había visto esa misma mañana.

Rápidamente Andrés le preguntó si estaba bien. Ella se ponía gel hidroalcoholico por todo su cuerpo.

Andrés no entendía que le pasaba a Alicia, pero quería comprenderla. La casualidad no llega dos veces a tu vida, y menos en el mismo vagón.

Alicia sentía ansiedad, y no sabía cómo pedir ayuda, pero reconoció ante Andrés:

-Tengo miedo.

- ¿Tienes miedo al metro? -preguntó Andrés.

- Si, sé que puede pasar cualquier cosa en cualquier momento.

-Pues no te conozco, pero pareces valiente, o sino masoquista. -Afirmo Andrés.

- Nada de eso, simplemente el metro me pilla bastante cerca de mi casa, y va directo a mi trabajo. Quiero llegar puntual.

-Acabas de sacar lo bueno de ir en metro. Yo llevo usándolo desde hace 15 años.

Andrés y Alicia bajaron en la misma parada, se ve que eran vecinos.

Alicia se sentía extrañamente cómoda hablando con ese desconocido.

-No me gusta hablar con desconocidos normalmente, así que por favor dime cómo te llamas. -Pidió Alicia.

-Andrés, y es un encanto conocerte. ¿Cómo te llamas tú?

-Yo Alicia. Encantada. -respondió parpadeando mucho a causa de su tic en el ojo.

-Pues Alicia si necesitas un amigo de metro, aquí estaré.

Alicia sonrió, pero no creía en esas casualidades de película romántica.

Pero al día siguiente lo volvió a ver, aunque se hizo la tonta. Además, ese tipo desconocido llamado Andrés podría tener cualquier enfermedad por mucho que oliera bien.

Pero Alicia se dio cuenta de una cosa, y es que en todo el trayecto de metro no había cerrado los ojos ni una sola vez.

Quizá ir en metro tenía su gracia.

3. Tramas de ligoteo

Karen estaba sorprendida en el proyecto incluye, y sorprendida para bien.

Le gustaba sus nuevos amigos tan diversos, en los que reía en el recreo.

Eso sí, Rebeca era un poco cotilla, pero fue con ella con quien empezó a hablar,

Aunque no tuvieran mucho en común Rebeca hablaba mucho de su programa de televisión favorito, First Dates. En cambio, Karen ni siquiera veía la televisión, normalmente solía pasar su tiempo libre, dibujando en el patio de su casa.

Karen también conoció a Diana, una chica muy amable, eso sí, con una obsesión en encontrar el amor de su vida.

Diana era una chica muy insegura, pero enseguida vio en Karen una chica en la que apoyarse.

Un día estaban hablando Karen, Diana y Rebeca. Cuando Diana preguntó:

-Karen ¿Cómo lo haces? Todos los chicos están enamorados de ti.

-Sí, Karen es verdad, están todos los chicos mirándote. -Dijo Rebeca.

Karen se volteó a ver.

-Estamos en este momento solas, no hay chicos mirándome.

-Nos referimos a que los chicos del incluye están mirándote normalmente, que tienes a todos los chicos detrás, se mueren por tus huesitos. -Dijo Rebeca.

-Karen, necesito tus consejos de amor, yo quiero encontrar a mi príncipe azul, mi alma gemela, no quiero estar sola toda la vida. -pidió Diana.

Karen se echó a reír, ella no había hecho nada para enamorar a nadie y tampoco tenía pareja.

Entonces apareció María, la más joven del grupo de restauración de muebles, y la más imaginativa.

- ¿Qué pasa chicas? -Preguntó

- Mira que Diana quiere un novio, y Karen no da consejos para ligar. -Dijo Rebeca.

-Eso de tener novio tiene fácil solución. Te voy a enseñar a usar Tinder. -Exclamó María.

- Quizá no deberíamos, nuestra psicóloga Isabel no quiere que nos expongamos en redes de contacto, tiene miedo a que nos engañen los hombres. -Dijo Diana.

-Pero tú no quieres quedarte sola ¿Verdad? – Dijo Rebeca.

-Bueno Diana, haz caso a Isabel, ella es psicóloga y sexóloga, supongo que sabe lo que dice. Yo, aunque creas que ligo, no ligo y me da igual, mejor sola que mal acompañada. -Dijo Karen.

Rebeca y María se miraron con complicidad mientras cuchicheaban.

- ¿Qué pasa? -Dijo Diana
- Que vamos a organizar un First Dates a la nuestra, haremos un correo electrónico nuevo para conseguir contactos de chicos con los que tener citas. Y tú Karen, sé que se te da bien la pintura así que tu dibujaras carteles para colgarlos por donde plazca. -Propuso Rebeca.

A todas les pareció una gran idea, y no consultaron a Isabel, la técnica que se encargaba de dar apoyo en las relaciones de pareja, la cual era bastante feminista e independiente.

Karen se puso manos a la obra y esa noche dibujó bellos carteles con siluetas de parejas.

Karen hizo una videollamada con sus nuevas amigas y enseño los carteles y sus dibujos que les encantaron.

A petición de María, el siguiente paso una vez colgaran los carteles del dibujo de parejas con el correo electrónico que todas inventaron (enbuscadelamor@gmail.com) era hablar con un bar para organizar las citas. Karen en tal de agradar a sus nuevas amigas, propuso de contactar ella al bar de enfrente de su casa, llamado La Dorada.

Tras colgar carteles por toda la ciudad, Karen fue a la Dorada a hablar sobre si podían organizar citas. Y se moría de vergüenza al hablar con el camarero que la atendió.

-Hola, mire vengo a pedirle un favor: Mi amiga busca novio, y que mejor que la noche que prefiera usted organizar en el bar una cena de citas.

-Es buena idea de marketing, sí. Espere que ahora viene mi jefa y lo consulto. -Respondió el camarero.

-Hola cariñoooo!! ¿Que desea? -Preguntó con efusividad la amable jefa y camarera a Karen al verla.

-La señorita quiere organizar una noche de cena y citas para buscarle novio a su amiga. - Respondió el camarero.

- Oh, tu amiga busca novio... ¡Muy bien! De acuerdo publicaremos en nuestras redes sociales la cena de citas, a ver quién se apunta. -Dijo Nadia, la camarera jefa con efusividad y se marchó a cocina.

- Oye, eso de haber contado con nosotros para la cena de citas con desconocidos está bien para la economía del bar, pero... ¿es necesario esto para que tu amiga encuentre un novio? ¿Tiene prisa por encontrar pareja? -Dijo el joven camarero.

-Se siente sola. -Respondió Karen.

- ¿Tú no eres su amiga?

-Si soy su amiga, por eso la ayudo.

-Quizá tu ayuda no es la que ella necesita. Yo estoy soltero y aunque este abierto a lo que pueda pasar en el amor, no me siento solo. - Respondió el camarero.

Karen no sabía que contestar, ella tenía 19 años y el tema del amor lo conocía por enamorarse platónicamente varias veces en el instituto, pero nunca había tenido una relación, ya que nunca se atrevía a hablar con ningún chico por mucho que le gustase.

Además, Karen, aunque en el proyecto incluye sentía como todos la miraban e incluso le pedían su número de teléfono para contactar con ella, en el instituto fue todo lo contrario, era el bicho raro.

Karen no sabía que era lo mejor para su amiga Diana, ni si tenía razón ese camarero. En ocasiones había visto películas románticas y no veía inconveniente en que Diana encontrase a su príncipe azul. Además, el camarero y su jefa ya habían dicho que si a la cena de citas.

Pero el camarero, vio conveniente cancelar el evento, y así habló con la jefa y posteriormente se lo comunicó a Karen, la cual se enfadó, él le pidió disculpas por haberle dicho que si en un principio, pero que lo había pensado mejor.

Emilio, el camarero del acogedor bar de La Dorada, había sufrido mucho cuando su hermana tuvo una cita a ciegas con un chico que conoció de redes sociales, el cual parecía un "príncipe azul" por la red, pero en persona fue un tirano que, tras manipularla, se acostó con ella, cuando esta solo tenía 14 años y le robo la cartera. Y nunca más volvió.

Diana no se enfadó con Karen al saber que no había conseguido citas para ella.

Sin embargo, Diana tenía mucha inseguridad, se veía horrible a sí misma en el espejo. Quería ser como las chicas que salen en las novelas que ella veía por la tarde. Quería que muchos chicos se enamoraran de ella, hacer el amor por primera vez con un chico guapísimo y preferiblemente alto. Durar con un chico para siempre, y sentir que es amada. Saber que aún no llegaría el día en el que un hombre la haría sentir amada la inquietaba y la decepcionaba.

Diana tenía una discapacidad intelectual, de la que se avergüenza tras el rechazo que recibió en el colegio por parte de sus compañeros. Recordar cómo le llamaban inútil, fea y retrasada aún le causaba estragos en su cabeza. Solo quería ser amada para poder olvidar esa época tan dura de acoso escolar.

Natalia, La hermana mayor de Diana era su mayor apoyo, pero se había independizado con su novio hacía poco y Diana no sabía cómo controlar los celos que le tenía a su hermana por tener el amor que Diana tanto soñaba.

El padre de Diana murió hacía ya 5 años, y su madre ya había hecho su vida de nuevo junto a Damián, un hombre muy conservador, el cual pensaba que antes de los 30, una mujer debería estar casada, sino se le pasa el arroz.

Diana había hablado muchas veces de cómo se sentía con Isabel, la psicóloga y sexóloga del centro ocupacional.

Normalmente Diana se quejaba mucho: "Nadie me quiere", "¿Por qué no gustó?" "Quiero conocer a alguien y ese alguien sea el amor de mi vida"

Isabel la comprendía, la mayoría buscamos amar y ser amados, sin embargo, le hacía valorar que tenía amistades, y una familia que la querían. Isabel le decía constantemente que no tuviera prisa por buscar un novio, que primero debería amarse a sí misma, conocerse. Que no era una fracasada. Que un novio no es el causante de la felicidad de una mujer.

"No quiero morir virgen" acostumbraba a contestar Diana.

"Puedes darte placer a ti misma, no pienses en la masturbación como si fuese tabú" Respondía Isabel.

Pero Diana, no sabía gestionar su soledad, y sin consultar con nadie, se atrevió a instalarse Tinder, y más redes de contacto que se le ocurrieron.

Da igual lo que Isabel la ayudase, Ella quería curiosear y conocer gente.

Hizo caso omiso de los consejos de Isabel, hizo caso a sus traumas del pasado y sus novelas. Sus inseguridades y su impulsividad ganaron la partida.

Le encantó recibir mensajes casi instantáneos de chicos, fue así como llegó a conocer a Roberto de Castelló de la Plana. Un hombre con mucha labia con el que Diana, no se contuvo las ganas de ir a verle a Castelló y al día siguiente ya estaba en el tren de ida para verle.

Al llegar a Castelló, Diana bajó emocionada del tren y ahí estaba Roberto esperándola.

Diana tenía mucha vergüenza en el momento y no supo que decir. Roberto le propuso ir a un bar a comer un almuerzo popular, para romper el hielo.

Una vez en el bar Diana y Roberto empezaron a hablar de temas de conversación banales del rollo "¿Estudias o trabajas?" "¿Tienes animales en casa?" etc....

Diana era una chica bastante inocente, y tímida luchando por romper el hielo para conseguir el "amor de su vida"

Ella estaba ilusionada por haber quedado con él, sin embargo, su subconsciente le decía que Roberto no era el hombre que le daría amor. Pero ignoró a su subconsciente, pues quería vivir una historia de amor de novela.

Roberto fue aparentemente simpático con ella, sin embargo, cuando Diana volvía a Valencia en el tren, el viaje no fue idílico, el tren se paró en medio de la nada y se puso nerviosa. Para entretenerse quiso hablar con Roberto, pero este no recibía sus mensajes, ni le salía la foto de perfil. Más tarde Diana se percató de que él la había bloqueado ¿pero por qué? ¿Así sin explicación? El tren empezó a moverse, pero lentamente sin avisar por megafonía de que ocurría en el tren. Diana le llamó a Roberto, pero no obtuvo respuesta. Fue un caso más de Ghosting de ese que se lleva ahora, desgraciadamente.

Diana estaba muy triste, y se lo contó a sus amigas del Proyecto Incluye. Todas le dijeron que pasara de él. Diana hizo bien de hacer caso a sus amigas, paso de él. Pero empezó a buscarse otro sapo a ver si se convertía en príncipe. Así que siguió intentando buscar por las redes.

4. Doble discriminación

Las personas LGTB con diversidad funcional, sufren desgraciadamente una doble discriminación. Carla se sentía muy incomprendida, tenía claro que le gustaban las chicas, siempre le habían atraído. Sin embargo, nunca se lo había dicho a sus padres, pues ellos se les nota que piensan que su orientación sexual sería un capricho o una fase de sus tonterías como persona con discapacidad.
Puede que la frustración de no poder hablar de ello con sus padres, la hiciera ser impulsiva y problemática.
Así que en clase la denominaban "La Toxica". Y era famosa en el centro ocupacional por sus portazos cuando algo no le parecía bien.

Ese día Marian, la técnica del Incluye encargada de pasar los test de inteligencia, le había hecho la prueba de inteligencia ya que Carla la había pedido, porque quería sacarse el carnet de coche y necesitaba saber si poseía el coeficiente intelectual para ser capaz de conducir.

Cuando le dijo Marian que no le recomendaba ir a la autoescuela a sacarse el carnet, ya que la prueba no salió como Carla quería, Carla tuvo una rabieta.

Dio patadas a la mesa, y se fue diciéndole a Marian "pija de mierda" (Marian solía vestir muy bien, pero nunca se mereció ese desprecio) y como no, Carla dio un portazo.

Victoria y Isabel pasaban por ahí en cuando cogieron a Carla, aún enrabietada y le preguntaron que le pasaba:

-La pija heterobasica de la Marian, me ha dicho que no debo conducir. -Contestó Carla.

Victoria le acarició el pelo y le pidió tranquilidad a Carla. Y le dijo:

-Supongo que no has dejado a Marian dialogar contigo, pero ¿Sabes que puedes repetir la prueba de coeficiente intelectual más adelante, ¿no?

-No, pero qué más da yo quiero conducir ahora, y poder salir ya yo sola y que mis padres me dejen en paz. Me vigilan, Victoria, ¡Me vigilan!

Isabel intervino:

- ¿Sabes que puedes entrar en el equipo de ocio y salir con tus amigos de Incluye bajo la supervisión de un monitor de ocio?

Carla pidió hablar con Isabel a solas, Isabel tenía un pequeño hueco y enseguida la atendió.

- He llamado heterobasica a Marian, por rabia, pero no hacia ella sino por mis padres. -Comentó Carla.
- ¿Y por algo más? -Preguntó Isabel.
- Yo soy... yo... mira quiero conocer mujeres... me gustan. Hombres no, mis gustos en eso... ya sabes... en el amor son las mus... mu... mujeres. -Dijo Carla nerviosa.
- ¿Tus padres no lo saben? -Pregunto Isabel.
- No, claro que no. Es nuestro secreto, tú eres psicóloga del amor solo tú me entiendes. Porque... ¿Me entiendes, ¿no?
- Claro que te entiendo, salir del armario es duro, pero tienes que ser tú misma, la gente tiene que escuchar y entender la homosexualidad. Y por eso esas cosas se

hablan, pero sé que cuesta, por ello, la semana que viene podemos hacer una reunión con tus padres, si te parece.

- ¿Vas a contarles mi secreto? -Preguntó Carla.

- Lo vas a contar tú, si tú quieres y yo te voy a ayudar, mientras tanto anímate a ir al programa de ocio con tus compañeros de Incluye. Anda piénsatelo. -Propuso Isabel.

- De acuerdo, pues haremos la reunión con mis padres e iré al ocio. Nos vemos psicóloga del amor. -Se despidió Carla y se fue sin dar ningún portazo.

Carla llegó a casa y habló con sus padres:
-Este fin de semana voy a salir.
- ¿Con quién? -Preguntó su padre.
- ¿Con algún chico? ¿Tienes noviete? Debes tener cuidado con eso. -Dijo su madre.
- No, tranquilos que novio no tengo. Me voy de cena y fiesta al ocio del proyecto incluye. -Dijo Carla.
- ¿Fiesta? -preguntaron sus padres al unísono.
- Yo lo que quiero es irme de fiesta, con mis amigos, con mis amigas, yo lo que quiero es

ponerme maquillaje… -Cantó Carla la canción de DJ Marta.

- ¿Fiesta? ¿Fiesta? Ni hablar, ahí hay alcohol y sexo. Y eso del maquillaje no es lo tuyo… -Dijo su madre.

- Voy con gente de Incluye y una monitora, se llama Juana.

- Pues esa Juana y ese centro te está llevando a la perversión. ¿No prefieres ir al cine con nosotros? Hacen la nueva de Frozen. -Dijo su padre.

-Frozen mola, pero quiero probar cosas nuevas. Ya os llamará Isabel, la psicóloga para hablar con vosotros y conmigo la semana que viene.

-Sí, pues hablaremos largo y tendido de esas libertades que te dan. -Sentenció su padre.

Más tarde llamo Isabel para concretar hora y fecha para hablar con los padres de Carla. Y hablaron también de la idea de ir de ocio, Isabel les dijo que tranquilos, que su hija no iba a beber ni gota de alcohol. Que estaría segura.

Al final, Carmen y Jorge, los padres de Carla, cedieron para dejarle ir al ocio.

Y es que Carla ya tenía 20 años. No tenían por qué infantilizarla.

Carla muchas veces se sentía incomprendida, no encontraba con quien sentirse identificada. Sabía que algunas lesbianas poseían el pelo corto y un estilo más masculino. Ella se sentía mejor con su pelo largo y vestidos de flores. Pero se sentía una lesbiana muy extraña.

5.Ocio.

El ocio de proyecto incluye, se suele realizar el día de fin de semana que el grupo elija. Los grupos de ocio se crean entre las personas que más afinidad tienen, y cada uno elige con quien quiere estar en el grupo. Suelen ser supervisados por un monitor del proyecto incluye. Más adelante también pueden hacer quedadas independientemente si hay un monitor o no.

Carla había hecho amistad con José, Juan, Karen, Rebeca, María y Diana.
Aunque muchas veces la considerasen una toxica por sus enfados, le dieron una oportunidad. Y juntos crearon el último grupo de ocio del proyecto incluye.
También a ellos se apuntó Nacho, un chico que ya había terminado el curso de restauración de muebles, pero seguía en el proyecto Incluye, para hacer formación básica y buscar apoyo para encontrar trabajo y también en la amistad. Ya que él era ciego, y necesitaba ayudas sensoriales.

Cenaron en el bar de La Dorada, y así Emilio, el camarero del bar, compensó las molestias ocasionadas por no hacer la cena de citas a lo First dates que Karen propuso para Diana.

Diana estaba muy pendiente del móvil, pues quería conseguir su "príncipe azul" en las redes.
No se daba cuenta de que Nacho, el chico que tenía al lado, trataba de tener una conversación con ella.
Diana quería un novio perfecto, alto, guapo, tableta... De esos que parecen surrealistas.
 Nacho era alto y guapo, pero un poco demasiado delgado y llevaba aparato de dientes. No era el tipo de Diana.
Hay que ver cómo nos limitan nuestras propias creencias.
Mientras los demás en la mesa, bromeaban entre ellos y se reían. Karen observaba a Emilio, el camarero. Y él, la observaba a ella.
La comida estaba muy rica, los camareros y camareras del bar eran muy atentos/as.
Juan dijo entre risas que quería el número de teléfono de Nadia, la camarera jefa y José lo animó entre risas a ligársela en esa misma noche... hasta que él marido de Nadia apareció.

Más tarde Emilio se les acerco y preguntó si se quedaban al Karaoke, como no sabían a qué sitio de fiesta ir, se quedaron ahí en el karaoke de La Dorada.

Nacho era muy vintage para la música, así que eligió cantar Cartas en el Cajón del grupo la guardia.

<<" *Cartas en el cajón y ninguna es de amor, nunca un príncipe azul por tu vida pasó"*>>
La letra de la canción enseguida le proporcionó a Diana sentimientos encontrados.
Las chicas aplaudieron Y Juan y José le dijeron guapo, para darle ánimos.
Juan y José cantaron la canción de Sin Pijama de Becky G y Natti Natasha, a petición de José, por supuesto.

Nadie cantaba realmente bien, pero tuvo su gracia el momento.

Emilio se acercó a Karen:

-Que divertidos tus amigos!

- Perdona, ¿pero yo no soy divertida? - Preguntó Karen. -

- Lo tendrías que demostrar. -Dijo entonces Emilio.

- ¿Cómo?

-Canta una canción. -Propuso Emilio.

- Lo mío es dibujar, no cantar. -Afirmó Karen.

- Tranquila, aquí venimos a divertirnos. Tus amigos tampoco cantan como   ángeles.

- ¡Que no voy a cantar! -Exclamó Karen. -Fin de la conversación. Y Karen se alejó de él. Dejándolo descolocado.

Otra gente se puso a cantar, mientras los integrantes del grupo de ocio bailaban.

Emilio volvió hacia Karen, y le dijo:

-Algún día me enseñaras tus dibujos.

-Vale, eso sí lo acepto. -Dijo Karen con una sonrisa.

Los intereses de Karen eran bastante restringidos, pero una vez se interesaba con algo, se convertía en obsesión. Lo suyo era dibujar y lo tenía claro. Quería vivir de dibujar.

Juan a escondidas pedía alcohol a la camarera, finalmente Juana, la monitora de ocio lo pilló.

Tras soltarle una reprimiendo a Juan, Juana habló con la camarera de La Dorada muy claro.

Juan no sabía controlar sus impulsos, y el alcohol lo estaba descontrolando. Puede que empezara a tener una adición.

Pero a Juan le gustaba como se sentía después de beber, aunque no la resaca que llegaba sobre unas horas después. Ni tampoco le gustaba que le dieran órdenes.

Carla, estuvo bastante feliz en el ocio con los amigos que le habían brindado una nueva oportunidad y no tuvo ningún enfado.

5. Pasiones y fantasías

Muchos tenemos una gran pasión, algo que nos potencia el sabor de la vida, nuestra vida.

José lo tenía muy claro, quería ser bailarín y Karen dedicarse a hacer dibujos.
María en cambio no sabíamos que quería, pero es bien sabido que María posee una gran imaginación.
Antes de que llegara Alfredo, para dar la clase de restauración de muebles, José empezó a bailar Lollipop de la cantante Alexandra Stan. Y Alfredo llegó cuando José estaba haciendo el paso más sensual de su baile.
Alfredo se quedó sin pestañear mirando fijo a José, y dijo que ya estaba bien de tanto cachondeo.

- El baile es mi pasión y ni tú, ni nadie me lo va impedir. -Contestó José
- Pero ese baile era algo inapropiado, tu imagina que viene un inspector al centro y te ve restregando tu cuerpo en la pared. - Dijo Alfredo.

- Pues eso que no has visto como hago el paso de Anitta en la canción de Envolver. - Respondió José.
- A ver, cual es el paso. – Dijo Alfredo.
José puso la música y perreo acostado en el suelo. Alfredo estaba como atónito mirándolo y gritó fuera de sí. Estaba arrepentido de haberle preguntado cual era el paso de Anitta.
- José, Joseeeee, quita esa música... y ... ¡y para hijo mío!
- ¿Pero no te gusta Alfredo? Mama dice que bailo muy bien.
- Sí, todos apoyamos a José baila muy bien. Ole nuestro José. -Gritaron todos.
- A ver no te lo voy a negar José, pero estamos en clase. -Dijo Alfredo.
De repente el grupo tenía ganas de más bailes y menos de lijar maderas de restauración de muebles.
- ¡QUEREMOS CLASE DE BAILE! ¡QUEREMOS BAILE! -Gritaron todos al unísono golpeando la mesa.
- ¡Y clases de dibujo! - propuso Karen
- ¡No hay tanto presupuesto para todo! -Dijo Alfredo
- Venga Alfredo, suéltate la melena...o ¡el bigote! -Propuso José.

- Eso en la cena de fin de curso, ahora ¡A trabajar! -Dijo Alfredo.

Alfredo en el fondo lo pasaba bien con las ocurrencias de los usuarios del incluye, pero quería aparentar ser rígido en las normas.

Pero cuando no lo miraban estaba riéndose del momento vivido. ¡Qué arte tienen sus alumnos!

Todos estaban lijando las maderas, para posteriormente ponerles el barniz y pintarlas.

Mientras María contaba su experiencia como sirena, pues según ella se ducha en una bañera, y se convierte en sirena y se marcha al fondo del mar por el desagüe y habla con peces y tortugas marinas.

Nadie se creyó a María al 100% pero la escucharon y la respetaron. A Karen le pareció muy raro que una persona pueda llegar a creerse sirena sin probablemente serlo, pero era divertido escuchar a María, y así le daba inspiración para hacer un dibujo de sirenas.

Karen pasó la tarde dibujando, al día siguiente entregó a María el dibujo de la sirena y le dijo:

- ¡Mira María, eres tú!

Por la tarde, Karen fue al bar la Dorada donde se encontró con Emilio y le enseño algunos de sus dibujos.
El bar estaba bastante vacío, los miércoles no suele venir nadie. Así que hablaron más detenidamente.

- ¿Sabes? me encantaría ser dibujante, dedicarme de lleno a hacer dibujos, retratos y caricaturas. Pero no sé si podré vivir de eso.
- Yo estudié filosofía en la universidad, pero trabajo de camarero, pero no por ello he dejado de filosofar. -Dijo Emilio.
- No si ni pintar ni la filosofía nos da dinero, una lástima no poder vivir de una vocación.
- En mi caso ser camarero si es vocacional, me gusta que la gente esté a gusto comiendo y bebiendo en nuestro bar. Todo es probar y no perder la fe. Se pueden combinar las dos cosas. Y si tienes paciencia quizá todo llega. Bueno en mi caso el dinero... no, no llega mucho.
- ¿Pero eres feliz? -Preguntó Karen.
- Sí, la verdad. Me gustaría tener más dinero, es cierto. Pero el dinero nos corrompe y la avaricia de poder nos hace egoístas. El

dinero ayuda, pero es la causa de muchos problemas de este planeta.

Karen asintió. Le gustaba la forma de pensar de Emilio.

- Y tu seguro que tienes otra vocación aparte de pintar, aunque cantar por lo visto no te atreves, pero seguro que hay alguna otra cosa. -Dijo Emilio.
- No, yo solo dibujo. Es mi interés obsesivo. - Respondió Karen
- ¿Tu interés obsesivo?
- Sí, claro. ¿Pero no lo ves? Que soy asperger, muchacho. Y he leído que los asperger somos así, tenemos intereses obsesivos.
- Si lo sé, sé que es el asperger y también os tomáis todo muy literal. -dijo Emilio.

Karen se quedó callada, ella no considera que se lo tome todo literal, simplemente cree que ve las cosas como son.

- Karen mira, puedes vivir del dibujo, yo no digo que no lo hagas o no lo intentes. Pero tenemos que sobrevivir así que debes encontrar otra cosa que te gusté. -Dijo de pronto Emilio.

- Bueno a veces me masturbo y me gusta, disculpa si esto suena obsceno, pero solo estaba respondiendo tu pregunta. -Se sinceró Karen.

Emilio se río mucho, desde luego Karen era bastante sincera.

- ¡A la iglesia, deshonrada! – Se mofó Emilio.

- ¡Oye! Eso es aburrido y retrogrado, cada uno que haga lo que quiera, es respetable. Pero yo ahí no voy y perdón si te sienta mal la blasfemia.
-Ahora en serio, por lo que parece me encanta como eres. -Confesó Emilio.
Karen volvió a quedarse callada. No estaba acostumbrada a esas conversaciones ni que le dijeran "me encanta como eres" y encima a ella también le encantaba como era él.
Simplemente Emilio la miro a los ojos en busca de una respuesta.
Cuando Karen se cansó de que la mirará tanto le respondió:

-Tú también me encantas, digo… que me encanta como eres, digo yo, por lo que parece. Tampoco seamos precipitados. -dijo Karen.

-Espero que no lo digas solo por quedar bien. -Dijo Emilio.

-No es eso, pero sí para librarme de tu mirada insistente. -Dijo Karen sonriendo.

Puede que en ese momento se hubiesen besado, pero el bar estaba abierto y de vez en cuando venía algún cliente y llegó en ese justo momento.

Emilio se despidió en un "si quieres algo, ya sabes dónde estoy".

Nadia, que había ido un momento a hacer la compra llegó al bar cuando Karen salió. Y le dijo a Emilio:

-Vaya, al final tendré que organizar la cena de citas para ti y para Karen.

Karen esa noche antes de dormir, se dibujó a sí misma con Emilio en una cena romántica en el bar.

6. El muchacho del metro.

Alicia y Andrés coincidían muchas veces en el metro y Andrés ya estaba al tanto de las peculiaridades de Alicia, pero nunca dejaba de sorprenderlo.

A Alicia le gustaba bastante coincidir con Andrés, pero se sentía insegura de dar el paso de conocerse más, darse los números de teléfono y quedar.

Pues ella consciente de su TOC, pensaba que cualquier persona se aburriría de ella fácilmente, y que nadie podría comprenderla ni amarla así.

Andrés tenía muchas ganas de conocerla más, de saber que hay detrás de esas manías y también si era tan bella por dentro como lo era por fuera.

Sin embargo, ambos se resignaban y se quedaban como amigos de metro.

Andrés trabajaba como electricista, y solo había dos cosas que lo relajaran después de ese agobiante trabajo que tenía: Su pasión por las rutas de senderismo y últimamente, aunque fuera contradictorio, puestos a que Alicia es puro nervio, también le relajaba ver a Alicia.

Alicia mientras escuchaba atentamente a Andrés hablar se contenía las ganas de pedirle de quedar, pues quería ser prudente o bien, esperar a que él se lanzara. Nunca había hablado con nadie sobre Andrés, pero ya había pasado un mes de esa rutina de verse en la boca del metro y a la hora del desayuno decidió hablar con Lola, una amiga suya del trabajo, a la que Alicia admiraba mucho y acostumbraba a darle buenos consejos.

Lola era todo lo que Alicia quería ser, para Alicia era su ejemplo. Lola era una mujer muy guapa, tenía una melena rubia desfilada y vestía siempre con muchos colores y estampados. Y lo más importante para Alicia, es que Lola era una mujer muy cariñosa y divertida, aunque también sabía cuando ser seria. Lola viajaba por todo el mundo con su marido, y no tenía miedo a nada. El único defecto de Lola es que fumaba. Alicia odiaba el tabaco, lo cual es comprensible...

Se llevaban unos cuantos años de diferencia, pues Lola ya era una cincuentona, pero siempre estaba dispuesta a ayudar a la joven Alicia, con su experiencia.

Alicia contó a Lola con pelos y detalles, como era su relación con un amigo de Metro, y describió perfectamente los rasgos de Andrés, ese chico castaño claro con melena rebelde, tez blanca, unos ojos color café de mirada penetrante, y esa sonrisa juvenil con brackets que tanto le gustaba. Luego se centró en contar lo que sentía por él y todas las inseguridades que a Alicia le alejaban de él.

-Me gusta mucho, pero quiero conocerlo más, el que pasa es que cuando él me conozca más se alejará. –Dijo Alicia.

-Yo te conozco Alicia, y no me he alejado de ti. –Respondió dulcemente Lola.

-Pero tú Lola, tienes mucho aguante. – Contestó Alicia.

-Estas equivocada, yo no aguanto nada que no tenga por qué aguantar, solo aguanto lo que merece la pena... Además, ese chico ya

es consciente de tus fobias y demás, y sigue siendo tu amigo de metro. –Explicó Lola
- Pero él tampoco me ha dicho de quedar.
- Díselo tú, si no te da respuesta o dice que no, no insistas, pero díselo una vez y así pruebas y te quitas la duda. –Prosiguió Lola
- A veces es mejor quedarse con la duda, que con el rechazo. –Dijo Alicia
-Yo me declaré al hombre que hoy es mi marido, tuve miedo a su respuesta, pero más aún de perder una oportunidad.

Eso convenció a Alicia para hablar con Andrés. Pero a la vuelta no coincidió con Andrés y al día siguiente ya tenía que ir acompañada de su preparador laboral, Juanjo.
Andrés vio a Juanjo llegar con Alicia a la boca del metro, así que Alicia tuvo que ser valiente y explicar con ayuda de Juanjo que ella venía de un centro ocupacional para personas con diversidad funcional, llamado Incluye y que a veces venía a hacer un seguimiento su preparador laboral, Juanjo. Ya que ella tenía una discapacidad reconocida a causa de su Trastorno Obsesivo Compulsivo.

A Andrés no le sorprendió saber eso, simplemente se alegró de que Alicia pudiera recibir ayuda, eso de que la ayudaran en el trabajo era una buena iniciativa. Y lo de que tuviera un Trastorno Obsesivo Compulsivo explicaba muchas cosas sobre el comportamiento de Alicia. Juanjo estaba muy contento de que Alicia durante este mes hubiera logrado ir en el metro sin pasar tanto miedo. Y agradeció a Andrés el hecho de que la acompañase.

El problema es que, al no estar solos, no pudieron darse los números de teléfonos ni concretar fecha para tener una cita, pues les daba vergüenza.

7. Vida en pareja

Del proyecto Incluye podríamos destacar muchas cosas en las que ha mejorado la calidad de vida de cada una de las personas con discapacidad, entre ellas conocer gente nueva que se convierte en esencial y un pilar fundamental de la vida de cada uno. Diego y Marta, una pareja que ambos tenían 30 años, se conocieron en el proyecto incluye, hacía ya 4 años y su propósito era independizarse y tener una vida en común.

Pero encontrar un piso en la ciudad era complicado. En el proyecto Incluye había pisos tutelados, donde vivía mucha gente la cual aprendía a hacer tareas de casa sin depender de sus padres y estaban supervisados 24 horas por algún que otro técnico de Incluye, y aunque era una opción, su decisión era encontrar un piso solo para ellos dos, donde además de hacer las tareas del hogar, tuvieran su intimidad. Diego y Marta estaban muy enamorados, mucha gente dice que la chispa del enamoramiento solo dura unos meses, pero, aunque eso pasa a mucha gente, pero en caso de ellos dos aún conservaban esa chispa.

Su relación era sana, ambos estaban muy unidos en pareja, pero también les gustaba salir con sus amigos y amigas, también con sus respectivas familias, las cuales a veces tenían que lidiar con ellos, pues a veces eran muy autoritarios y sobreprotectores, pero tenían buenas intenciones, así que con intervenciones de los técnicos del incluye, los padres ya aceptan que sus hijos tengan independencia para tener pareja y también disfrutar de su sexualidad.

Las malas lenguas dirán que no son aptos para disfrutar del sexo porque son una pareja con discapacidad intelectual, pero ellos usaban la lengua para comunicarse con respeto y también para besarse y practicar sexo oral muy placentero.

El sexo entre ellos fue complicado las primeras veces, por los nervios y falta de práctica, pero como iba pasando el tiempo, cada vez lo disfrutaban más.

En el primer año de relación de Diego y Marta, cuando cada vez se atraían más y decidieron tener relaciones sexuales, hablaron con Isabel, la psicóloga del proyecto Incluye y profesora de educación sexual. Pues querían desahogarse con ella porque anhelaban más intimidad, pero era difícil ya que los padres pensaban que como sus respectivos hijos eran seres con discapacidad no desearían tanto tener sexo, que incluso podría ser peligroso.

Así que Isabel dio seguridad a los padres, también les informó a Marta y Diego sobre anticonceptivos, respeto y consentimiento sexual. Aunque ya tenían cierta información, siempre viene bien que alguien se lo recuerde.
Marta y Diego se conocieron años atrás en el taller de restauración de muebles de Alfredo. Desde el primer momento tuvieron una gran conexión que les hizo confiar uno en el otro.
Alguna vez también discutían, obviamente. Pero a veces las discusiones, les hacía llegar a acuerdos y tener conversaciones incomodas a veces es necesario.

Cuando cumplieron los cuatro años de relación y deseaban buscar un piso para ambos, también surgieron muchas discusiones, Diego era conformista, pero Marta quería un piso con más comodidades. Y es que a veces Marta tiene problemas con el pie y necesita un piso con ascensor o planta baja. En cambio, Diego le importa el precio del piso, ya que ellos solo viven de la pensión por tener más de 65% de discapacidad.

Este tema de la vivienda independiente lo hablaron mucho con los técnicos del proyecto incluye, pero las cosas de palacio van despacio.

Sin embargo, el proyecto incluye, tenía pensado habilitar unos pisos que no eran tutelados del todo, es decir solo tendrían supervisión unas cuantas horas al día y como fueran progresando no haría falta supervisión de los monitores durante algunos días, solo irían de vez en cuando. Y la hipoteca del piso lo pagaría el proyecto Incluye y Diego y Marta pagarían los productos de la compra, la luz y el agua, que hoy en día eso también es caro.

Por su parte, Diego y Marta buscaban trabajo, pero les era muy difícil, aunque los ayudasen en el centro ocupacional.

8. Control parental

Llegó el día que Carla esperaba con muchos nervios, la charla con sus padres y con Isabel.

Sus padres no iban con muchas ganas a la charla, pero no esperaban que iban a hablar de la homosexualidad de Carla.

Se saludaron y se sentaron a hablar, todo fue cordial hasta que Pedro, el padre de Carla dijo:

-No me gusta que le digas a mi hija que se vaya de fiestecillas, ¿Isabel, no sabe usted lo que puede pasar?

- Lo sé, pero solo fueron a un bar con Karaoke. Lo importante es como tu hija se sienta ahora. ¿Cómo te sientes, Carla? –Preguntó Isabel.

-Bien, pero lo que no sabéis es que me gustan las mujeres. Bueno...ahora sí. Porque lo acabo de decir. –Dijo Carla.

Sus padres se pusieron muy nerviosos. Y no la creyeron.

- ¿Desde cuando eres les... les... bia...na? – Preguntó Dolores, su madre.
- Desde el colegio, y va en aumento. – Le explico Carla a sus padres.

- ¿Y porque va en aumento? - Gritó su padre.
–No deberíamos haberte dejado tener móvil, seguro que el Tik tok ese te ha influenciado, hay mucha mujer semi-desnuda bailando.
- Sea por lo que sea, tu hija es homosexual. Pero eso no es un problema. –Intervino Isabel.
- Eso lo dirá una temporada y luego cambiará de opinión. –Expuso Pedro.
- Ser homosexual no es una opinión, es una orientación sexual. -Dijo claramente Isabel.
- Estamos pagando por el Proyecto Incluye para que ayudéis a mi hija, no para que la mareéis en vuestras charlas. –Dijo Dolores con mucha rabia.

Carla salió dando portazos y dio patadas a todo lo que vio a su alrededor.

Dolores iba ir tras ella, pero Isabel no se lo recomendó, así que Dolores aprovecho para decir:

-Ella no puede decidir eso.

- ¿El que no puede decidir? –Preguntó Isabel.

-Su orientación sexual. –Dijo Pedro. –No se haga usted la tonta.

-Hay muchas cosas en la vida que ella no va a poder decidir, es discapacitada. —Expresó Dolores.

-Solo necesita apoyo y compañía en sus decisiones. —Explicó Isabel.

Sus padres se fueron a buscar a Carla.

Isabel lo entendió, pero luego no volvieron a la charla, una vez habían recogido a Carla. Pues aún tenían que hablar del carnet de conducir y del ocio inclusivo del proyecto Incluye, entre otras cosas. Otra vez seria.

Los padres de Carla no hablaron con ella, simplemente le quitaron el móvil, y cada día Carla tenía más rabietas.

Por suerte para los padres de Carla, por mucho que a Carla le atraían las mujeres, Carla no se había enamorado de ninguna, aun así, quisieron evitar el momento de que Carla saliera con una chica en serio. Aunque quizá debían saber que eso es inevitable. Que Carla aún no había tenido novia, era una cosa que en el tiempo podía cambiar.

Sus padres siguieron dejándola ir a las clases de Incluye, pero al ocio muy pocas veces.

Carla cuando cogía más ánimos iba con el resto de la clase: Jose, Juan, Karen, Rebeca, Diana y María.

María le dejaba un poco el móvil suyo a Carla, para que Carla viera su red social favorita: Tik Tok.

Muchas veces todos los de la clase hacían videos de Tik Tok juntos, con Jose al centro del grupo, porque era el que mejor bailaba. Como bien se sabe.

En el centro Carla estaba a gusto, pero le dolía volver a casa con sus padres y ver malas caras y muchas normas.

Al cabo de unas semanas el enfado de sus padres se disipó, pero nunca hablaron del tema de la orientación sexual.

Simplemente no le ponían malas caras y ya la trataban con más amabilidad e incluso le devolvieron el móvil.

A veces las redes sociales son un estorbo para la sociedad, pero teniendo un buen uso de ellas son una buena herramienta. Carla, viendo Tik Tok, aparecieron videos caseros de personas que visibilizaban al colectivo LGTBI. Había una chica que, como ella, tenía una imagen muy "femenina" es decir que solía llevar faldas, cabellos largos y alguna vez un poco de maquillaje. Y vio en ella una referente. Y por eso es importante salir del armario y hablar las cosas para romper con lo que se considera Tabú.

La gente tiene que abrir los ojos.

9.Haciendo Match

Diana era una chica que podría ser feliz si valorara más lo que tenía alrededor, pero sin embargo muchas veces se sentía sola. Es comprensible. Su hermana se había independizado, su padre había fallecido y su madre era muy ausente.

Así que empezó a temer demasiado a la soledad, pero no a las malas compañías.

Su estado de actividad por el Tinder era muy alto. Un día hizo match con Sergio y empezaron a hablar mucho, las conversaciones no tardaron en subir de tono.

Diana siempre ha sido muy tímida, pero se esforzó mucho por dejar de serlo, además desde los chats es mucho más fácil interactuar, incluso hablar con chicos guapos parecía fácil.

Así que Diana respondió a todas las preguntas que Sergio le hacía. No eran preguntas del estilo: "¿Qué te gusta hacer en tu tiempo libre?" Sino era más del estilo: "¿llevas braguitas o tanga?"

Diana llegó al centro ocupacional sin haber dormido mucho, pues había pasado una noche muy entretenida hablando con Sergio, su match de Tinder.

De hecho, pidió consejo sobre ropa interior a Rebeca.

-Rebeca ¿Te gustan mis bragas? – Preguntó Diana, bajándose un poco el pantalón.

- ¡Pero Diana! ¿Que llevas puesto? Tienes 21 años y llevas bragas de abuela ¡un horror! –Dijo Rebeca.

Como era de pensar Rebeca corrió la voz sobre el estilo de las braguitas de Diana, así que convocaron una reunión femenina de asesoramiento de estilo.

-Estamos aquí porque de un día para otro Diana se acostará con su match y hará el ridículo con esas bragas. –Dijo Rebeca

- Rebeca, esta reunión es superficial. –Dijo Karen.

-La verdad es que Rebeca tiene razón, tengo un problema, no entiendo de estilo y necesito un cambio de look integral. –Explicó Diana.

-Es verdad, muy estilosa no eres, y no te lo digo solo por tus bragas. Eres muy anticuada. –Dijo María.

-Tendremos que buscar una solución. La necesita. –Propuso Carla.

-Podríamos quedar e ir de compras. – Propuso María.

-Pues que no se hable más! Este sábado quedamos para ir a la tienda de Victoria´s secret. –Sentenció Rebeca.

Al final el sábado fueron a un mercadillo, ya que las bragas ahí son más baratas, y oye… ¡son bonitas! Al final Diana compró siete bragas, una para cada día de la semana. Y también compró un sujetador de encaje. Karen fue al mercado sin muchas ganas, su amiga Diana debería de dejar de pensar tanto en chicos y en como gustar. A parte que a ella le gustan las braguitas sexys, pero no los sujetadores, le incomodan mucho y solo los usa en contadas ocasiones.

Karen trató de callar su opinión, pero ella que es muy directa preguntó:

- ¿Vas a quedar para follar con Sergio?
- A ver yo quiero conocer a mi alma gemela, no solo follar, pero si surge el sexo mejor. Quiero probarlo. –Aclaró Diana.
- Ni siquiera puedes estar enamorada de él.
- Sí que lo estoy, y cuando quedemos más aún.

Diana, buscó la forma de ir a ver a Sergio, la verdad que para eso ella se las ingeniaba bastante bien.

Diana muchas veces era muy despistada, tampoco entendía mucho acerca de la vida y le costaba comprender lo que las otras personas le decían. Y también le podríamos añadir la falta de inteligencia emocional. Sin embargo, era capaz de ir sola a los sitios, no era del todo dependiente y siempre podía superarse a sí misma.

Karen, como es comprensible no estaba de acuerdo en que Diana se daba tanta prisa a sí misma en que buscara "su alma gemela" también era consciente de que hasta hacía unos días, Diana lloraba aún por su cita fallida con Roberto. ¿Qué hacía Diana diciendo que estaba enamorada de Sergio? Y encima la mayoría de amigas del centro ocupacional no eran conscientes de los errores que Diana cometía. Sin embargo, Diana, simplemente debía pasar por esas equivocaciones.

Diana se encontró con Sergio, un chico alto y moreno con un poco de barbita y cara de chulito. ¡Lo que le gustaba a ella! Quizá no era un error, como Karen pensaba y sí lo era ya lo diría el tiempo.

No llevaban muchos días hablando, pero la invitó a su casa a dormir, aunque primero se fueron a tomar algo. La hermana de Diana no sabía nada, y su madre estaba "demasiado ocupada" como para pensar en que lo que su hija hacía era una locura.

Sergio trató de tener una conversación con ella, tampoco iba a ser un brusco que la llevara a la cama con tan solo decirle hola.

Sergio le contó cosas de su trabajo como mecánico a Diana, también sus movidas de cuando salía de fiesta con sus amigos. Diana tampoco entendía mucho que estaba diciéndole él, pero fingió entenderle, pero él ya se iba dando cuenta que Diana no tenía mucho mundo, pues Diana no tenía muchas experiencias ni laborales ni sociales. Pero a Sergio eso tampoco le importaba mucho, total tampoco buscaba ninguna relación seria con nadie.

Para Diana su apoyo siempre ha sido los animales, cuando su padre vivía tenían muchos animales en casa. Actualmente tenía a su perra Kira, pero le gustaría adoptar más animales. Así que llevó la conversación a su tema de interés.

- ¿Te gustan los animales?

-Sí, pero no tengo, dan bastante trabajo. Así que me lo pienso antes de tener uno.

-Yo tengo una perrita. Se llama Kira. Pero quiero adoptar un gato pardo también.

-Eso está muy bien.

Finalmente, la cosa no fue tan mal, Diana contó que ella no trabajaba aún pero que le gustaría trabajar con niños en alguna guardería o hacer voluntariado en una protectora. Sergio la escuchó y la conversación iba yendo a mejor puerto. Sergio vio en ella una buena chica, y Diana también vio a Sergio como un buen chico, aunque para Diana todo el mundo era bueno. Mucho dolor tenía que experimentar para considerar a alguien mala persona. No tenía muchos prejuicios y en cierto modo eso estaba bien.

Pero la sociedad no es que sea tan inocente como Diana. Sergio por ejemplo fue algo egoísta, tampoco es que quisiera dañarla. Pero en su modo de ver, Diana le pareció muy buena chica, sí. Pero también una ignorante y no tardó en aprovechar eso en su favor.

Sergio no es la primera ni la última persona que no dejo claro que buscaba en Tinder, no como Diana que ya le dijo una vez por chat que buscaba una relación seria. Eso no significa que lo que hicieron en su casa sea justificable.

Ya de camino a casa de Sergio, hablo muy picarón a Diana, cosa que a ella no le gustó del todo y ella se lo hizo saber, pues Diana si quería sexo, pero no solo eso. Sergio cambió su estilo.

- ¿Sabes? Me gustas porque eres peculiar, distinta. –Dijo Sergio.

- ¿Ah sí? –Dijo Diana con mucho énfasis.

-Hacía tiempo que no veía a nadie como tú, de hecho, no suelo llevar a nadie a mi casa, solo a las personas con las que más confió. Tu inspiras confianza.

Se dieron besos en el portal, sin mucho afán por parte de Sergio, pero lo suficiente para emocionar a Diana, quien sí les da importancia a los besos.

Sonó en la cabeza de Diana la canción de solo por un beso del grupo de bachata Aventura.

"Que solo por un beso Se puede enamorar Sin necesidad de hablarse Solo los labios rozarse Cupido los flechará, Y solo por un beso Con ella soy feliz. Tan solo con un besito Me llevó al infinito Y ni siquiera la conozco bien. Un beso significa amistad, sexo y amor En cualquier parte del mundo no importa la religión."

Dentro de la casa él le ofreció un Ron con Cola, y ella aceptó. Quería probar y aunque era una bebida muy fuerte e iba cargado, no le desagrado. Ambos bebieron ese Ron con Cola y hablaron de tonterías que les hacía gracia.

Él se abalanzó sobre ella y se besaron con pasión, siguió besándola por el cuello. Y Diana gimió bajito.

- ¿Puedo tocarte por abajo? –Preguntó Sergio

-No se… -Dudo Diana

-Confía en mí, como yo confío en ti Diana, no suelo tocar a nadie en la primera cita, pero tú eres especial. –Dijo Sergio a sabiendas que quien era especial para él no era precisamente ella.

Diana cedió, aunque le incomodó un poco los dedos de el en su zona intima. Sin embargo, ella tenía curiosidad. Aunque algo en su subconsciente le decía que la relación no iba del todo bien encaminada. Sin embargo, toda la experiencia estaba yendo muy rápidamente. Sergio no tardó en coger la mano de Diana y ponerla donde se situaba su miembro viril.

-La tengo grande. ¿A que sí?

-Sí, supongo. - Contestó Diana desconcentrada.

-Dime que te gusta. —sugirió Sergio

-Me gusta... -Afirmó Diana

-Ahora chúpamela.

Diana no se movió. Se sintió insegura, tampoco sabía tanto de sexo, solo lo que se veía en las novelas y poco más. Estaba desconcentrada. No sabía qué hacer.

-Venga morena. —Sugirió Sergio.

-No la he chupado nunca, no sé si lo haré bien. —Confesó Diana.

-Pruébalo, no me voy a correr en tu boca. Pararé.

Diana finalmente cedió, aunque la situación le daba un poco de corte. Sergio sintió el placer que Diana le ocasionaba y pensó en Mónica, su ex, la que sí fue especial para él.

Sergio no le dio sexo oral a Diana, simplemente le pidió a Diana penetrarla ya. Y Diana cedió con los ojos llenos de emoción pensando en que iba a vivir su primera vez...

Tras unas embestidas, a Diana no le salió sangre, pero le dolió, el frenó un poco al notar su dolor.

Tras acabar las embestidas, Diana se dio cuenta de que la relación sexual no fue tan placentera ni bonita como esperaba. Pero no lo dijo a él, ni tampoco lo reconoció a sí misma ya que se consoló pensado: "por fin he perdido mi virginidad."

10. Ten una cita conmigo.

Karen quedó con Diana después de dos días de la experiencia que tuvo Diana en casa de Sergio.

Diana le contó que estaba muy contenta de "tener novio" y haber hecho el amor por primera vez. Karen la escuchó y asintió no muy convencida de que Diana había encontrado su amor verdadero. Diana creyó que Karen no le hacía mucho caso.

Karen no era para Diana, la amiga más dulce y cariñosa. Karen era una persona que iba mucho a su bola, sin embargo, compartían aficiones y se querían bastante (aunque Karen nunca decía a nadie que los quería)

Ambas adoraban mucho a los animales y pasaron a ver la nueva protectora de animales que había por la zona donde ambas vivían y se quedaron mirando unos perros que desde la jaula donde estaban se los veía muy cariñosos. Había toda clase de perros, algunos eran grandes y otros pequeños. Y todos buscaban una casa donde vivir. Querían adoptarlos a todos o ayudarlos como voluntarias en la protectora, quizá ambas cosas. Primero tendrían que hablar con sus padres y con algún técnico del proyecto incluye para asesorarles para el voluntariado.

Salieron de ahí con mucha pena de que esos perritos no tuvieran una familia que les diera amor.

A Karen la pena se disipó un poco, cuando entraron a tomarse algo en el bar La Dorada y vio a Emilio que enseguida les tomó nota. Emilio se alegró mucho de ver a Karen, pues desde aquel miércoles que hablaron no había vuelto a saber nada de ella.

Karen presentó a Diana como la amiga First dates, a lo que Diana dijo:

-Al final no me ha hecho falta el First dates, pues ya tengo novio.

-Me alegro mucho, al final has encontrado el amor en tu entorno con alguien conocido. ¿No?

-Bueno, me lo he ligado por Tinder.

A Emilio se le ensombreció el rostro y Karen y él se miraron con complicidad.

-Ya es el segundo muchacho que se liga, espero que este no la deje tirada como hizo el otro. –Dijo Karen

-No, no si con este hablo por whatshaap todos los días. ¡Me quiere!

- El Tinder lo usa mucha gente, no es nada malo. Pero como todas las redes hay gente que lo usa de una forma inadecuada e imprudente. Ten mucho cuidado. –Dijo Emilio.

-Jajaja, sí. –Respondió Diana sin entender mucho.

Cuando terminaron de tomarse su desayuno en la Dorada y fueron a pagar la cuenta, Emilio le dio un papelito con su número de teléfono a Karen, también incluía una nota que ponía: si tú también quieres una cita, aquí estoy.

Karen estaba emocionada, jamás en la vida había pensado que tendría unas amigas y encima un chico que quisiera una cita con ella. Ella había sido sujeto de burlas y rechazo en el colegio, y ahora empezaba a tener una vida más social. Y aunque a veces la abrumaban algunas tonterías que hacían sus amigas, las quería y les estaba agradecida.

En cuanto a Emilio obviamente guardó su teléfono y le habló por el whatshaap, con ese chico normalmente estaba bastante cómoda. Le molestó que Emilio no respondiera al instante por whatshaap, pero para no incomodarle y porque sabía que Emilio trabajaba mucho no envió ningún mensaje más.

Cuando Emilio leyó el mensaje de Karen, el cual era un escueto "Hola" se alegró mucho, y aconsejado por su jefa Nadia, le sacó conversación a Karen y no tardó en pedirle de ir a cenar algún día.

Al final ambos concretaron fecha para la cena. A Emilio le gustaba Karen por su "Esencia rara" que tenía. No le gustaban las chicas que van de que son perfectas.

Karen era más de pintar sobre el lienzo que de pintarse a sí misma, pero esa noche se maquilló un poco, aunque lo justo, no le gustaba ir cargada. Ni tampoco que sus padres sospecharan que quedara con un chico. Karen sabe que sus padres no le ponen pegas por quedar con chicos, pero tampoco quería dar explicaciones a nadie de su primera cita.

Cuando llegó al restaurante se encontró con Emilio y entraron juntos a cenar.

Ambos lo pasaron muy bien y cenaron mucho. La conversación fue bastante fluida, confiaban bastante el uno con el otro para hablar.

Hablaron de las historias de cuando Emilio iba a la universidad, Y Karen le dijo que quería estudiar algún día, pero le costaba mucho centrarse en los estudios a causa de su TDAH (aparte de Asperger, presentaba muchos síntomas del TDAH) Pues le costaba mantener la atención y más en las cosas que no le gustaban como las matemáticas. Lo de pintar le salía de forma vocacional, pero no confiaba en que podría llevar a cabo bachiller o una carrera universitaria.

Aun así, Emilio le dio ánimos.

Al salir del restaurante, Emilio la quiso besar, pero Karen se apartó un poco. Pues, aunque quería el beso le dio un poco de corte, además pensó en todo lo que un beso conlleva. No quería tener un amor bonito pero pasajero, quería estar segura de que se iban a querer y que sería un amor sano. Él respeto que Karen no lo besará, aunque le pareció extraño. Eso así, quedaron en volver a verse.

11. Impulsos y adicciones.

Juan era un chico muy todoterreno. Y muy impaciente. A veces tenía impulsos y no sabía muy bien porqué. Era habitual en él cruzar los semáforos en rojo, aunque estuviera a punto de pasar algún vehículo. También de colarse en las colas del supermercado ya que no aguanta esperar. Y un largo etcétera.

Cuando iba al ocio a alguna fiesta siempre se las ingeniaba para beber alcohol.

A veces no controlaba mucho cuanta dosis tomar de alcohol cuando salía al bar de debajo de su casa. Pero su principal problema era las máquinas tragaperras.

Aunque no trabajaba, cogía dinero de sus padres y jugaba a apostar. Y aunque parezca una tontería, para él era una seria adicción y no la reconocía.

Un día Marian, la monitora cuqui del proyecto incluye (por lo bien vestida que iba siempre) lo vio de refilón un fin de semana cuando pasaba por el bar a tomarse un refresco y unas bravas con su novio. Así que cuando llegó el lunes, tuvieron una charla:

-Juan, ven aquí un momento a mi despacho. —dijo Marian interrumpiendo la clase de Alfredo.

Juan salió de la clase.

- ¿Eras tú el que estaba en el bar ese que se llama "Tasta'm"? –Preguntó Marian.

- Si, suelo ir a tomarme un refresco. –Contestó Juan.

-Si quieres contarme algo más, aquí estoy.

- ¿Has visto algo en especial? –Preguntó Juan.

-Claro que lo he visto, pero quiero que me lo digas tú. –Dijo Marian.

-No suelo hacerlo, pero sí, juego de vez en cuando a un juego de máquinas de colores. –Dijo Juan muy avergonzado.

- ¿Sabes que eso no está bien? ¿no? –dijo Marian.

-No quiero que digas nada a nadie. –Dijo Juan.

-Tu familia lo debe saber. ¿Es de ellos de quien sacas el dinero? –Preguntó Marian.

-Si. Pero no quiero que se lo digas, se van a enfadar conmigo.

-Es para ayudarte. –Concluyó Marian.

-No voy a volver a jugar a la maquinita. –Dijo Juan y se fue.

Marian no lo creyó. Y sabía que esa adicción era muy difícil de superar.

Lo que necesitaba Juan era reconocer su adicción y sincerarse ante su familia. Necesitaba mucho apoyo y encontrar motivaciones, para no perder el tiempo y dinero en las máquinas tragaperras. Una vez saliera de esa adicción necesitaría mucho control en especial económicamente, lo cual sería limitante, pero necesario.

Marian, habló con Ángela, la jefa del proyecto Incluye. Mucha gente sufre adicciones y necesitaban un terapeuta en el centro ocupacional que tratase todo este tema de las adicciones o al menos buscar a gente que les diera charlas orientativas acerca de las adicciones y hacer reflexionar a cada usuario afectado de una adicción.

Ángela, miró a ver hasta cuando llegaba el presupuesto, a ver que podrían hacer. Pero es muy triste que aparte de los trastornos mentales que existen, también tengamos que lidiar con las adicciones, que también hay muchas: Tabaquismo, alcoholismo, drogas, redes sociales, videojuegos y las apuestas. Por ejemplo.

Mientras se miraba que hacer en contra de las adiciones a través de personal especializado, buscaron la manera de entretener a los usuarios del proyecto incluye y así evitar problemas de adicciones, pensamientos intrusivos y de sobre pensar. Que es lo que les suele pasar a mucha gente. Así que se fomentó mucho el deporte. De la mano de Carlos, el fisioterapeuta y profesor de gimnasia del proyecto incluye, iban los lunes y miércoles a caminar en las primeras horas de clase, luego paraban en un parque donde hacían estiramientos y juegos de correr unos metros. Martes y jueves eran días de descansar de deporte y hacer ejercicios cognitivos, como se solía hacer en el centro ocupacional. Y el viernes era un día mixto, algún día hacían aerobic, otros días básquet o futbol, y otros días sentadillas y abdominales. También le aconsejaron que los fines de semana o tiempo libre por la tarde fueran en bici o se apuntaran a algún sitio a practicar deporte, como por ejemplo un centro de Pilates, una escuela de baile o un gimnasio.

El ejercicio físico es una clave para darnos motivaciones a nosotros mismos, se puede practicar en equipo o individual, hay muchos tipos de deporte y nos hace evitar ciertos pensamientos negativos. Además, nos produce la hormona de la felicidad.

Juan se sentía muy bien haciendo ejercicio, como la mayoría de sus compañeros (aunque por ejemplo a Karen no le gustaba el deporte en equipo, sino el individual)

Sin embargo, Juan cuando tenía ocasión, jugaba a las máquinas tragaperras por mucho que tuviera sus remordimientos, pues le costaba controlar la adicción.

Por suerte, al cabo de un mes y medio, contrataron a David, un terapeuta especializado en adicciones. Que primero les dio unas charlas a todos, ya que muchos vivían esclavos de sus adicciones.

Las redes sociales por ejemplo es una adicción muy común, y aunque en cierta parte nos puedan facilitar en algún aspecto de la vida, se suele hacer un uso excesivo de ellas. Muchas personas nos pasamos varias horas al día pendiente de redes sociales, en cuando estas no nos hacen falta diariamente. Es verdad que es un entretenimiento, pero perdemos mucho el tiempo y además nos genera muchos pensamientos obsesivos, es decir comparamos nuestra vida y nuestra forma física con otra gente y nos da mucha impaciencia no recibir las notificaciones que ansiamos en el momento. Además de que perdemos mucha privacidad.

Las drogas, en las cuales también se incluyen tabaco y alcohol. Pueden afectarnos en más o menos medida. Pero es muy malo para nuestra salud. Pues nos puede producir problemas en el hígado, los pulmones, problemas mentales, alucinaciones, etc.

En la ludopatía se pierde grandes cantidades de dinero, además de tener posibles consecuencias familiares e ir pidiendo dinero. Y obviamente también se pierde mucho tiempo.

Las charlas de David fueron grupales, pero anunció que podrían hablar con él por privado quien quisiera. Juan lo necesitaba, pero no habló con David. No terminaba de creer en él mismo ni en poder acabar con su adicción por mucho que David estuviera ahí.

Tampoco habló con su familia, así que tuvo que ser Marian la que llamase a la familia de Juan para una reunión.

Cuando los padres de Juan se enteraron de la ludopatía de su hijo, se decepcionaron mucho. Y trataron de guardar mejor el dinero, como es obvio trataron de hablar con Juan, pero este se encerró en su cuarto y no quiso hablar. Estaba muy avergonzado de su adicción y se sentía triste, pero no pidió perdón, ni siquiera le salían las palabras.

12. ¿Comemos juntos hoy?

Alicia, empezaba a irle mejor en su trabajo, seguía viendo a Andrés en el metro y eso hacía que su vida se llenara de color. De hecho, un día, mientras Juanjo, su orientador laboral no estaba mirando, pidió a Andrés quedar a comer juntos un viernes cuando salieran del trabajo. Y él respondió que sí, de hecho, él estaba esperando el momento, pero no se había atrevido a preguntar.

Juanjo, lo había oído todo de que Alicia y Andrés iban a quedar. Por suerte Juanjo, no puso ningún problema, aunque le dijo a Alicia que estuviera pendiente de su trabajo, y no estuviera todo el día pensando en la comida del viernes.

Alicia, los días previos a la comida cumplió mucho en el trabajo y lo desarrolló con bastante normalidad. El viernes de la comida se pasó pegada al teléfono prácticamente toda la jornada, por miedo de que Andrés le cancelará el plan en cualquier momento.

Juanjo estuvo a todo momento con ella, al final le tuvo que requisar el teléfono a Alicia, así que al final Alicia hizo lo que tenía pendiente muy a última hora.

Los pensamientos intrusivos de Alicia fueron a más cuando Juanjo le devolvió el móvil y vio la hora que era y Andrés aún no había pasado a por ella.

Se imaginó un montón de situaciones: Un accidente de metro, que Andrés había sido atropellado... e incluso se visualizó en el funeral de Andrés.

Juanjo estaba ahí, pero Alicia no dijo nada, se guardó ese sufrimiento para sus adentros. Y Juanjo no la pudo ayudar.

Andrés llegó y Alicia se alegró mucho, pero al mismo tiempo se sentía culpable de haber imaginado el entierro de Andrés.

En la comida ambos estaban nerviosos, se gustaban, pero tenían muchas inseguridades una vez habían dado el paso: Alicia tenía miedo de que, si llegasen a tener una relación ella y Andrés, él se cansara de ella por su TOC, tal y como le paso con su ex, el cual dijo que la dejó por insoportable. Andrés tenía miedo a que, si tuviesen una relación más adelante, no poderla ayudar con sus crisis.

Ellos querían luchar contra esos miedos, pero los tenían y eso les dificultó para vivir el momento de una comida en el bar tan acogedor en el que estaban y hablaron poco.

La cita no tuvo mucho éxito, y ambos volvieron a casa en la cabeza muy baja, tras una despedida fría. Las inseguridades les hicieron una mala jugada.

13. Un rayito de esperanza.

Marta y Diego, querían encontrar trabajo y vivir juntos, pero la cosa estaba difícil. Ellos tenían una paga porque tenían una discapacidad que superaba el 65%, pero querían intentar poder trabajar, sentirse realizados y cobrar más.

Diego tenía síndrome de Williams, una alteración genética rara y un síndrome poco común el cuál sus síntomas eran tener una discapacidad intelectual, cambios de humor, físicamente peculiares y de baja estatura y podrían tener problemas cardiovasculares. También presentaban hipoacusia, les molestaba los sonidos estridentes, pero tenían mucho talento para tocar instrumentos musicales.

Marta, también presentaba una discapacidad intelectual y tenía temblores. Los médicos no saben por qué.

Ambos estaban muy unidos, y también les gustaba ir juntos al ocio y así estar con sus amigos de Proyecto Incluye, a los cuales querían mucho, pero como tanto Marta como diego habían pasado por el acoso escolar en su infancia y adolescencia, tenían un trauma de que también les fallarían esos amigos nuevos del proyecto incluye.

Eso les causaba discusiones con sus amigos del ocio.

Diego y Marta eran pareja, pero a veces se sentían solos, pues querían tener amistad con sus compañeros, pero desconfiaban de ellos.

Diego los fines de semana dormía en casa de Marta y sus padres, y entre semana se veían en el centro ocupacional.

Un día a Marta le llegó una buena noticia, y es que la iban a contratar de limpiadora de un centro de día para la tercera edad.

Marta, emocionada se lo contó a Diego y él la abrazó, pues ese trabajo era un rayito de esperanza.

Para celebrarlo el fin de semana quedaron en el ocio para merendar unas tartas riquísimas en una pastelería con sus amigos, los cuales también se alegraron por la noticia.

Al caer la noche se fueron a dar una vuelta los dos juntos, antes de dormir y hablaron sobre ese ansiado pisito que querían compartir ambos.

Ya quedaba menos para hacer vida independiente juntos.

Normalmente, todas las veces que habían hecho el amor se ponían condón, pero esta vez se les había olvidado coger condones, y cuando se dieron cuenta era un poco tarde, así que decidieron hacerlo sin condón. Prometieron que hasta que no tuvieran el piso y más estabilidad económica no volverían a cometer ese riesgo. Tener hijos estaba en la mente de ambos, pero no querían tenerlo de cualquier manera.

Además, se dice mucho por ahí que tener hijos siendo una pareja con discapacidad es más complicado, por ello evitaban el embarazo (y las enfermedades) y disfrutaban del momento presente.

14. Una chica nueva e interesante

Al empezar el segundo trimestre de las clases de proyecto incluye, iba a entrar una chica nueva y había mucha expectación entre los usuarios.

Finalmente, Victoria, presentó a Sara, la chica nueva. Era muy guapa, llevaba una larga melena de color castaño claro y tenía una vestimenta hippy y a la vez sensual.

Carla no tardó en fijarse en ella. Sara era una chica muy abierta con la que era muy agradable hablar y tenía valores ecologistas gracias al ejemplo que daban sus padres; Rafa y Bea. A Carla le cautivó todo lo que Sara contaba sobre sus aventuras haciendo rutas en bicicleta, ojalá tuviera unos padres como los de Sara, pues si algo faltaba en la vida de Carla era aventura. Carla nunca había escuchado nada sobre ecologismo y le gustaba aprender de lo que Sara contaba, aunque le parecía todo muy extraño.

Los días pasaban y Carla estaba hecha un lío, había encontrado una persona a la que admiraba mucho, no solo la admiraba, también le atraía.

Carla se sentía como que no tenía que ofrecer nada a Sara, pues no se sentía una chica tan interesante como ella. Sin embargo, tampoco quería quedarse con la duda de no intentar acercarse a Sara en los recreos, o los días de deporte del Proyecto Incluye.

Con timidez Carla iba sacando tema de conversación a Sara y aunque Carla no acostumbraba a escuchar a los demás, con Sara era distinto y la escuchaba, le gustaba oírla hablar de sus experiencias.

Por la noche Carla empezó a soñar con Sara, sueños muy húmedos, los cuales confesó en el recreo a María mientras las demás del grupo estaban en el baño.

María, era una chica muy fantasiosa que vive en las nubes, pero es una chica con quien confiar y enseguida apoyó a Carla para que se lanzara a intentar algo más con Sara.

También María al día siguiente, le regaló a Carla una pulsera LGTB como agradecimiento por haber confiado en ella y confesar que le gustaba una chica.

Carla, llevaba la pulsera LGTB en el centro ocupacional, pero en casa se la quitaba por miedo a lo que opinaran los padres.

Carla se hizo bastante amiga de Sara, la cual dijo que le gustaba la pulsera que Carla llevaba para el centro ocupacional, pero no dijo nada de que ella fuera lesbiana o bisexual.

Un día en el recreo, Carla cansada de tener filtros le pidió el número de teléfono a Sara y ella aceptó. Empezaron a hablar por el WhatsApp, mediante audios, ya que por escrito les costaba un poco entender la comprensión lectora a ambas. También se enviaban fotos divertidas.

Carla enviaba selfis haciendo caras graciosas y también de lo que comía y Sara tenia costumbre de enviar fotos de atardeceres.

Era divertido, pero al final tenían que hablar de lo que sentían, así que un día en el recreo, Carla se cansó de tener filtros con Sara y le dijo:

-   ¿Sabes que cada vez tengo más claro que soy lesbiana?
-   Sí, ¿Pero porque lo dices? –Respondió Sara.
-   Ahora que tienes claro que soy lesbiana, dime si te gustan las mujeres a ti también. –dijo Carla.

- No lo sé, no he estado nunca con una mujer. – Dijo Sara dudando
- He leído una frase muy chula en Facebook, dice que la mejor manera de estropear una amistad es con un polvo. Tú y yo somos amigas, pero podríamos cambiar el chip y ser novias. –dijo Carla.
- Cuidado con tomarte en serio lo del Facebook, Carla. En cuanto a nuestra relación…

Sara no termino la frase, beso apasionadamente a Carla sin más pretexto. Y al acabar el beso acabó la frase:

-En cuanto a nuestra relación, pues probemos, pero no por lo que diga Facebook eh.

-De acuerdo. –dijo Carla aún muy sorprendida por el beso.

María que había estado mirando todo a escondidas, se acercó a Carla y le dijo:

-Eres una campeona.

15. Buscando amor, recibiendo solo sexo.

Diana estaba muy enchochada con Sergio, aunque el trato de Sergio no era del todo amoroso.

Diana si no le hablaba Sergio, Sergio no le hablaba. Cuando hablaban, él era muy distante. Eso incomodaba a Diana, sin embargo, ella le propuso de volver a quedar a ver si así la cosa mejoraba.

Y quedaron de nuevo, esta vez Sergio aún hablaba menos y Diana empezó a desilusionarse. Sergio le volvió a proponer tener sexo, y lo tuvieron, pero fue como una copia de la primera vez que tuvieron relaciones, incluso peor, decepcionante y mucha falta de afecto.

Isabel, la psicóloga vio un día a Diana por el centro ocupacional y trató de hablar con ella. Pues hacía tiempo que no hablaban.

Diana cedió a tener una conversación con la psicóloga y le contó lo ocurrido.

Isabel estaba sorprendida y se puso seria con Diana, por no haber confiado con en ella durante estos últimos meses. Además, vio que Diana no se había esforzado por quererse a sí misma ni por evitar situaciones de riesgo por su miedo a estar sola.

También le dijo:

-Diana, hay muchos tipos de amor, no solo el de pareja. Todos los tipos de amor tienen mucho valor, pero le damos más valor al de pareja, valora lo que tienes y afronta las duras realidades, él no te va a dar ningún tipo de amor.

-Él puede darme amor, quizá cambié. —replicó Diana.

-No creo que vaya a cambiar, eso es un mito que te debes quitar de la cabeza. —Dijo Isabel.

-Mira, tú no tienes siempre razón, te quiero Isabel, pero también quiero a Sergio. —Dijo Diana.

-Quieres compañía, son cosas diferentes. —Dijo Isabel.

Y Diana se fue andando cabizbaja, así que se le ocurrió intentar quedar con Sergio para hablar, pero el punto de quedada directamente fue, como no, la casa de Sergio.

Cuando Sergio la besó, ella aceptó, pero cuando él le metió mano por su entrepierna, le apartó.

-Quiero hablar contigo, pasear juntos, tomarnos un helado… -Dijo Diana.

-Ahora ya estoy caliente, todo eso que dices ya lo haremos, venga déjate llevar.

Diana se dejó llevar y dejo que la tocara un poco, pero no tardó en volver a pensar en que quería algo más en una relación, además tampoco quería tener sexo todos los días...

-Venga, quítate la ropa.

-No. –Dijo Diana muy tajante.

-Venga nena, no me cortes el rollo, además el sexo se te da bien y te gusta. –dijo Sergio.

-Pero no me apetece hoy. –dijo Diana.

-Follame, hazlo por mí. –dijo Sergio.

- ¿Y qué vas a hacer tú por mí? –dijo Diana.

-Tomaremos un helado, pero ahora estoy deseoso de sexo.

Sergio le quitó la ropa a Diana sin que ella apenas se lo pensara y la besó, luego él se quitó la ropa y le introdujo su pene, cosa que a él le supo a gloria, pero a ella le incomodó, aunque no dijo nada.

Finalmente, ni siquiera hablaron mucho, ni se tomaron ningún helado en con la excusa de Sergio que era algo así como:

"Vaya polvo hemos echado, Jajaja estoy reventado tía"

Diana lloró delante de él, por su decepción.

- ¿Qué creías que te quiero conocer? —dijo de pronto Sergio —Ya te conozco y eres buena chica, perfecta para mi cama. Pero no dejaría que me viesen por ahí con alguien como tú.

- ¿Alguien como yo? —dijo Diana.

-No puedo dejar que mis amigos me vean con alguna retrasada, mira como hablas, mira tus gestos… eres patética.

- ¡No es verdad! —Dijo Diana.

Para Sergio ella era una retrasada, pero ella aún con mucha pena, decidió hacer lo más inteligente: irse.

Cuando Diana volvió a ver a sus amigas las abrazó mucho y también abrazó muy efusivamente a Isabel, y le pidió perdón.

-No me pidas perdón, pero hazme un favor, aprende y no hagas caso de ese hombre, no merece nada de ti, has hecho muy bien en irte. No vuelvas a esas situaciones.

Para Diana fue muy duro y cada vez se estaba deprimiendo más. Se acomplejaba y se hacía muchas preguntas. Por suerte cada día estaba más en casa de su hermana Natalia y su cuñado Santi, los cuales cuidaron bien de ella. Aun así, ella pensaba que jamás tendría pareja por tener una discapacidad y que su vida sería sufrir mucho por amores no correspondidos.

Pero ella era merecedora de mucho amor, aunque ella no lo sabía aún. Tenía que tener más paciencia.

16. El futuro y la esperanza

Karen se sentía muy ilusionada, aunque algo ansiosa con Emilio; habían tenido conversaciones por whatshaap, en las cuales, Karen se impacientaba por recibir un mensaje suyo y es que a veces Emilio la dejaba en visto y eso hacia desconfiar a Karen. Pero Emilio al final terminaba contestándole, aunque no fuera cuando ella quería, sino cuando él podía.

Karen también pensaba mucho, quería dedicarse profesionalmente a pintar. Estaba pensando en que quizá podría ser ilustradora. Al mismo tiempo esa idea le paraba, tendría que retomar sus estudios quizá y no sabría si sería capaz de llevarlos con constancia. Sin embargo, lo tenía claro: No quería tener un trabajo aburrido, ni tampoco uno que la estresara. Quería un trabajo gratificante y creativo.

En la cabeza de Karen entraba también la idea del salario, como era de esperar, pero sobretodo dedicarse a lo que le hacía feliz, a lo que le daba sentido a su vida.

Karen escuchaba música en el patio de su casa y su mente soñadora volaba, se imaginaba a ella misma siendo una gran ilustradora y también pintaría retratos.

Los escritores de prestigio contactarían con ella para hacer una portada bien animada.

Los escritores menos conocidos la llamarían también para hacer las portadas de sus libros y así atraer más público.

Ella se dedicaría a una vida feliz, pintando desde casa. Karen imaginó una casa muy acogedora, conviviendo con un perro labrador, un gato pardo y con Emilio.

Sin embargo, se dio cuenta que aún no había besado a Emilio y pensó en que debería ponerse las pilas y volver a quedar con él. Ya lo tenía claro, se había enamorado de él.

Era casi de noche y Karen perdió la noción del tiempo escuchando música con los auriculares y empezó a oír "Moriría por vos" de Amaral, mientras iba a su habitación y acostada en la cama se imaginó su primer encuentro sexual con Emilio mientras se tocaba.

Al acabar, consultó el whatshaap y no vio ningún mensaje de Emilio, cosa que la decepcionó bastante. Empezó a tener dudas de si lanzarse y proponerle de quedar de nuevo. Sus padres la llamaron para cenar y al terminar de cenar, vio el ansiado mensaje de Emilio. Ella tenía planeado no contestarle como venganza, pero no se pudo resistir y le pidió quedar.

Al día siguiente ambos se vieron en el paseo del rio, la impulsividad esta vez ganó a la razón y Karen lo besó, cosa que a Emilio le gustó, aunque Karen estaba insegura luego, pues no sabía si lo había besado bien. Sin embargo, él repitió el beso en ocasiones.

Como era de esperar Karen volvió a sacar el tema del dibujo y la pintura, Emilio se dio cuenta de que Karen lo tenía claro y la animo a ir a por ello.

Emilio era muy cariñoso con ella. Aun así, cuando no estaban juntos tenían discusiones por la tardanza de Emilio en contestar los whatshaap. Él tenía mucho trabajo y también era un poco despistado y ella era muy insistente, aunque no lo hiciera con maldad.

Emilio al final también se enfadó con ella, pues cuando Karen se enfadaba no se ponía en el lugar de Emilio para nada.

Pero Emilio por la noche, al volver a casa, pensó mucho en ella, como sería tener relaciones sexuales con ella y es que cada día le atraía más, así que era difícil enfadarse con ella, mientras imaginaba como se daban placer en distintas posturas.

Cuando se ponía más serio, se enfadó consigo mismo por tener tantos pensamientos sexuales por Karen, pues su propósito era tratar de pasar más tiempo con ella, apoyarla en lo que hiciera falta, verla reír y darse cariño los dos.

Karen cuando se le pasaban los enfados, se volvía más dulce, pues tampoco quería enfadarse demasiado con él e incluso empatizaba con la situación de Emilio y además que se daba cuenta de que ella no tenía por qué obligarle a usar tanto el whatshaap.

Pero cuando Emilio tardaba en contestar, le entraban muchos demonios por la cabeza y era muy dura con él. Finalmente, Karen pedía perdón, porque Emilio la hacía reflexionar. Pero Karen era insegura en ese aspecto y si él le tardaba en contestar pensaba que él no la quería.

Cuando se veían cara a cara, era diferente, todo funcionaba bastante bien y eso ambos lo tenían en cuenta.

Finalmente, Karen habló con Isabel sobre lo mucho que quería a Emilio, pero que tenía dudas cuando no se podían ver y tenían que hablar por whatshaap.

Isabel se alegró porque Karen conociese un chico, aunque ella no lo conociera y no podía opinar mucho de él. También le dijo que hablara con David, el que hacía las charlas contra adiciones y tratar su problema con el whatshaap, ya que empezaba a írsele de las manos.

Karen lo primero que hacía cuando se levantaba era mirar el móvil y lo último que hacía antes de acostarse era también mirar el móvil.

Los padres de Karen también fueron a la charla contra las adicciones que dio David en privado y decidieron que no tuviera el móvil a mano tan pronto se levantase ni tampoco antes de dormir, porque eso hacía que el móvil fuera el centro de su vida y la desconcentraba.

Con el tiempo, al evitar el uso del teléfono móvil, Karen entendió mejor a Emilio y a Emilio le dio cierto descanso. También Karen empezó a estudiar más y a hablar con sus padres y el Proyecto Incluye sobre sus proyectos, fue apoyada y empezó a dibujar más. A veces Karen se había abstraído de su foco por la pintura y el dibujo demasiado por estar constantemente en el whatshaap.

Eso sí, muchas veces tenía mono de mirar constantemente el móvil otra vez, porque le daba la sensación que se perdía algo. Pero luego cuando miraba se dio cuenta que no hacía falta estar tantas horas en el móvil, que tanto como ella como los demás tenían una vida.

17. Un plan divertido.

Alicia y Andrés se volvieron a ver, Alicia no tenía ganas de hablar con él, pues tenía un poco de vergüenza. Pero Andrés con ella sí quería hablar. Pues él quería seguir conociendo a esa rubia de ojos angelicales, que lo tenía cautivado.

Se informó de que el trastorno obsesivo compulsivo que tenía Alicia era incurable, pero le gustaría tanto poder mejorar su condición de vida.

Quería hacerla reír más y saber cuáles eran sus aficiones, así que le propuso quedar con ella un sábado por la mañana. Ella aceptó, pues ella pensaba que él no quería nada con ella después de esa cita tan silenciosa que tuvieron.

Quedaron y fueron juntos andando mucho rato, él sabía a donde llevarla. Ella no lo sabía aún, pero disfrutaba del paseo.

Finalmente llegaron a las afueras y él le confeso que daba clases de montar a caballo, y que la podía enseñar a montar a caballo.

Como era de esperar, ella en un principio se negó. Tenía miedo y encima los caballos podrían estar sucios.

Sin embargo, él no la obligó a montar a caballo enseguida, pero al menos que conociera los caballos.

Había una yegua que se llamaba Luna, Andrés intuyó que le gustaría a Alicia e intuyó bien.

Alicia se encariño con Luna y propuso a Andrés el duchar a Luna juntos. Fue una experiencia encantadora. Estuvieron con Luna bastante rato y Alicia poco a poco fue cariñosa con Luna y los demás caballos.

Al salir del centro ecuestre, Alicia también fue cariñosa con Andrés y le agradeció el hecho de que le hubiera enseñado los caballos e incluso llegó a decir que un día con la protección necesaria montaría a caballo.

Al sábado siguiente, allí estaba ella montando a caballo con la ayuda (y paciencia) de Andrés.

Al lado de Andrés, la vida parecía más fácil.

Al terminar las clases de hípica, Andrés invitó a Alicia a su pisito para comer.

Andrés y Alicia hablaron detenidamente:

-Creo que te quiero Alicia, sé que es pronto para que te lo diga y quizá solo me quieras como amigo para que te acompañe al metro cuando tienes miedo, pero si ya me gustabas antes, ahora que hemos compartido esta experiencia y te he visto como ríes y el cariño que das, me gustaría empezar a salir contigo.

Alicia estaba asombrada, tenía algo de miedo de empezar una relación, pero también tratándose de Andrés tenía muchas ganas.

-Tú a mí también me gustas y sacas lo mejor de mí, cosa que nadie más ha hecho por mí. Por lo tanto, te quiero.

La conversación fue alargándose, al igual que los besos que se dieron en el sofá de Andrés. Esos besos terminaron por llevarlos a la cama.

- ¿Estás seguro? –preguntó Alicia

-Segurísimo, sobre todo si tú también lo estas.

Alicia disfrutó como nunca del sexo oral que le ofreció Andrés, mientras ella jugaba con los cabellos de Andrés, cosa que a él le volvía loco.

A Andrés le sorprendió mucho también la energía sexual que ella desprendía en sus movimientos y terminaron muy cansados, tanto que durmieron juntos.

Alicia al despertar vio a Andrés tan quieto que se asustó, finalmente comprobó los latidos del corazón de Andrés y Andrés cuando se despertó y vio a Alicia tan preocupada por él, se dio cuenta de que ella tenía un instinto un tanto sobreprotector, pues él se podía cuidar solo. Él le dijo que estaba bien, que mejor que nunca y la besó.

18.Músicoterapia

José cada día era más fan de la cantante Bad Gyal, y aunque le costaba mucho leer, con ayuda de su madre se leía la biografía y evolución de Bad Gyal.

Se sabía de memoria todas las canciones y frases de Bad Gyal, también le gustaba bailar como ella, meneando el trasero.

La admiraba muchísimo, pues es una cantante que igual se hace fotos y videos delante de una verdulería o un mercadillo, que con un bolso de channel en la mano en un hotel de lujo.

~~Que~~ Mucha gente piensa que Bad Gyal es una tonta, pero no lo es, al menos no para José. Además, es una chica que ha llegado muy lejos y es muy guapa.

Para la madre de José, Rosa, Bad Gyal no ~~sería~~ era santo de su devoción, porque la veía muy "porrera" pero el saber que es la gran inspiradora ~~para~~ de su hijo, ~~hace~~ hizo que también ella ~~sea~~ fuera fan de Bad Gyal. Aunque personalmente para la madre de José, sus dioses de la música son el Canto del Loco, aunque ese grupo ya se separó.

Rosa, había sido madre joven así que cuando su hijo desde pequeño le pedía bailar con ella, ella aceptaba. Tenía fuerzas y sino, por su hijo lo que fuese.

Rosa estaba en el paro y quería encontrar trabajo, pero también quería tiempo libre, ya que cuando trabajaba en un supermercado, se estresaba.

Así que, en su tiempo libre, Rosa aprendió a bailar más y mejor y decidió hacer algo grande para el proyecto incluye: meterse de voluntaria y darles clases de baile, también aprendió ella misma técnicas de relajación, así que pensó ~~en~~ que los sábados, o algún día entre semana por la tarde, enseñar a la gente de Proyecto Incluye a bailar, o al menos a intentarlo y que lo pasaran bien todos. Y, además, al terminar las clases enseñarlos a meditar.

Cuando Ángela, la jefa del Proyecto Incluye, aceptó la propuesta, empezaron las clases de musicoterapia.

José estaba muy emocionado y la primera canción que bailaron fue Zorra de Bad Gyal. Y la segunda canción fue la de Bichota de Karol G. Carla y Sara perrearon todas las canciones juntas.

Al final decidieron hacer las clases los sábados por la mañana, así que la gente que ya tenía un empleo también podía ir. Así que Alicia también vino a bailar con el grupo de musicoterapia y Andrés la acompañó. A Andrés le gustó mucho el ambiente de Proyecto Incluye y Alicia hizo amistad con los demás del grupo de musicoterapia, en especial le cayó muy bien Karen.

Más tarde practicaron 10 minutos de meditación con esterillas, fue muy terapéutico. Rosa los hizo imaginar que estaban en una playa paradisiaca y desierta, donde se oían las olas del mar y pájaros revoloteando.

-Coged aire poco a poco, aguantad hasta 5. 1...2...3...4...5!! Exhalad despacio y contad también hasta 5. –Dijo Rosa.

La gente se centró en su propia respiración, no fue fácil, a menudo nos vienen pensamientos y recuerdos a nuestra cabeza, o las cosas que tenemos que hacer luego. Pero todos intentaron estar quietos y relajarse.

Rosa hizo también una propuesta muy interesante: Todos los días que acudieran a musicoterapia practicarían la canción de Rigoberta Bandini, Mama. Para hacer un baile de fin de curso.

María se puso como voluntaria de para hacer de protagonista del baile e hizo la prueba para ver si era apta para el papel de protagonista y bailó muy bien. Así que fue seleccionada. José se puso muy celoso, pues él era quería ser una superestrella.

-Perdona bonita, pero aquí la máquina de baile soy yo. –dijo José a María.

Hubo un momento de tensión entre ellos, pero Rosa lo arregló así que decidieron que aparte de Mama, bailarían Slo Mo de Channel y José haría el papel de Channel.

También Rosa dijo que, si iban a hacer dos bailes, que por favor que fueran yendo a musicoterapia constantemente y que practicasen en casa.

19. Paradoja fiestera.

Karen estaba muy nerviosa, pues Emilio que libraba unos días en el bar, les había invitado a las fiestas de su pueblo natal y verían juntos un discomóvil. Además, conocería a los amigos de Emilio.

Karen se preocupó mucho por su imagen física mucho más que de normal, su estilo era ir con mallas y sudaderas anchas, pero esta vez se puso un vestido adecuado para la ocasión.

Primero Emilio presentó a Karen a sus amigos, una vez hechas las presentaciones, fueron a los bares de la avenida donde más ambiente había en el pueblo y todos tomaron cerveza, excepto Karen, que no le gustan las bebidas alcohólicas.

Los amigos de Emilio eran todos muy simpáticos, y charlaron todos juntos. Sin embargo, empezó la discomóvil y Karen empezó a bailar como se había enseñado había aprendido en musicoterapia, sin pensar en que era arrítmica. Emilio y sus amigos no bailaban, cosa que a Karen le decepcionó. La decepción fue a más cuando Emilio estaba en la barra pidiendo licor de café.

- ¿Quieres probar? Esta muy bueno. -Dijo Emilio.

-No me gusta ni el alcohol ni el café, venga bailemos, que está sonando la canción de Quevedo... -Dijo Karen.

Emilio advirtió a Karen que no bailara tanto, pues no quería que Karen fuera objeto de burla, pese a que en el fondo le divertía verla bailar. Pero para Emilio lo más "normal" era beber unos cubatas y ver el ambiente, poco más. Emilio no entendía la forma de ver las fiestas de Karen y Karen tampoco entendía el punto de vista de Emilio.

Encima la discomóvil se empezó a llenar de gente y Karen se agobió, necesitaba tranquilidad. No le gustaba quedarse hasta las tantas con tanta gente a la cual no conocía. Le gustaba estar en su hábitat natural y la habían sacado, pensó que sería divertido salir de fiesta, pero no le gustó.

Emilio trató de ser atento con ella, pero también quería saludar a la gente del pueblo que hacía tiempo que no veía.

Karen se sentía egoísta, pero le daba ansiedad la situación y estaba cansada de la fiesta. Así que insistió a Emilio para volver a casa.

Al final muy a pesar de Emilio, volvieron a casa y Emilio estaba muy serio, no entendía muy bien la situación... pues él quería hacerlo pasar bien a

Karen, la había invitado a una fiesta a su pueblo y ella no había sido agradecida.

De camino a casa apenas hablaron, hasta que Karen dijo que lo sentía y lo sentía de verdad, le gustaba el detalle que Emilio había tenido con ella, pero ir de fiesta con tanta gente que no conocía, no le gustaba, no era su ambiente.

Karen sí que había hecho el esfuerzo de estar con él y acompañarles a las fiestas del pueblo, Karen ya había hablado con sus padres de Emilio y ellos aprobaban la relación.

Al final cuando Emilio la dejó a Karen en su portal, hablaron las cosas y aunque Emilio estaba acostumbrado a que la mayoría de gente que conocía le gustaba la fiesta, entendió y respetó a Karen. A Karen, lo que más le gustaba aparte de pintar era la comodidad de estar en casa y acostarse pronto, cuidar de su mascota, pasear, oír música y en ocasiones leer o ver alguna película. Eso sí, si algo le gustaba a los demás de Karen era su lealtad, aunque a veces fuera muy directa a la hora de hablar, era muy bondadosa con los suyos, le gustaba mostrar apoyo a los demás y si cometía un error, intentaba rectificar y pedía perdón. Por eso Emilio sabía que, aunque algunos gustos no iban a tenerlos en común, se hacía mucho de querer. Y aunque Karen es aparentemente una persona fría, permanecieron mucho rato abrazados ~~Karen y Emilio~~ en el portal. Vieron que era tarde así que Emilio propuso llevarla a la playa a ver el amanecer juntos, cosa que Karen aceptó, eso sí que le gustaba. Y a la orilla de la playa, escondiéndose como pudieron se dejaron llevar y finalmente hicieron el amor por primera vez. A Karen le dolió bastante en un principio, pero estaba muy segura de que era el mejor momento y la mejor persona, como ella siempre había querido, así que se sintió orgullosa.

20.Todo llega

Diana apenas hablaba con nadie. Apenas comía. Apenas salía de casa, quería estar con su hermana y su cuñado.

Natalia, su hermana intentaba hacerle ver que la vida no se acaba por una desilusión y aunque lo ocurrido con Sergio fue duro, Diana tenía que alzar la cabeza.

Puede que el problema no venía por una desilusión amorosa, sino de antes. O eso opinaba su cuñado Santi, que era consciente de que Diana no estaba bien cuando vivía con sus padres.

Y es cierto, el problema venía de antes. Diana había sufrido mucho anteriormente por la pandemia de Co-Vid19, cuando nos confinaron a toda la población y tras numerosas discusiones con su madre y su padrastro, el no salir de casa y ser sabedora que el virus atacaba a la salud de muchas personas, le afectó mucho a la salud mental.

Así es como se refugió en los culebrones y películas de comedia romántica que hacían por la tarde en la televisión.

Pero compararse con las protagonistas de los culebrones no le ayudó a su salud mental, sino que la hizo sentirse muy sola. Al igual que cuando recordaba su pasado en el colegio, donde le hacían bullying.

Lo que mucha gente no sabe de Diana es que se autolesionó la muñeca en medio del confinamiento tras una discusión con su madre y Natalia pasó a ser su tutora legal y la apuntaron al Proyecto Incluye.

Natalia y Santi, estaban muy preocupados por Diana, porque pensaban que Diana había superado la depresión que había tenido por el confinamiento, pero no era así.

A veces Diana quería volver a Sergio, aun sabiendo que él no la había tratado bien.

Los amigos de Proyecto Incluye intentaban animar a Diana, también los técnicos, pero era una tarea difícil, aun así, no se rendían.

José, un día tras mucho insistir convenció a Diana para que fuera a musicoterapia con el grupo, lo cual todos aplaudieron pues querían mucho a Diana y querían su felicidad.

En Con el tiempo Diana se empezó a animar y valorar lo que tenía, pues el vivir con su hermana y su cuñado la calmaba, también la comprensión de los técnicos de Proyecto Incluye, las risas que se echaba con Rebeca, María, Juan, José... Los ánimos que le daban Carla, Sara, Karen y Alicia cuando le decían: "No estás sola, aquí tienes a tus amigas y tranquila que el amor llegará independientemente de si tienes discapacidad o no, si nosotras hemos podido, tú también puedes."

Todos la ayudaban a hacer las tareas del proyecto Incluye y Alfredo la animaba diciéndole "Tranquila, lo estás haciendo muy bien" ya que intuían que Diana era algo insegura.

Las heridas del corazón de Diana iban sanando poco a poco, aunque aún le costaba tomar la iniciativa, de hacer lo que a ella le gustara. Entre Victoria y e Isabel le asesoraron para ir más al grupo de ocio y hacer un voluntariado en algo que le pareciera gratificante. Así que empezó en la protectora de animales.

Los martes y jueves por la tarde Diana iba a la protectora de animales y a veces algún domingo. Era muy atenta con los animales, a veces iba Marian o Juanjo a supervisar como llevaba el voluntariado y se dieron cuenta que Diana quería hacer de salvadora de todos los animales abandonados, lo cual tenía su lado bueno, pero tenía que ser consciente que no podía hacer todo, sino poner su granito de arena.

Finalmente, con un poco de pena, Diana terminó asumiendo que no podía atender todas las necesidades de la protectora, pero que eso no significaba que lo estaba haciendo mal.

Un día, Diana se encontró con Nacho, el chico que hacía un tiempo había conocido en el Ocio.

Nacho tenía una visión muy reducida, por lo tanto, tenía una discapacidad sensorial, pero reconoció a Diana enseguida. Nunca habían hablado mucho, pues Nacho trabajaba en la ONCE y no iba mucho al centro ocupacional, pero ahora él quería adoptar un perro. Diana y otra voluntaria de la protectora lo estuvieron asesorando para que adoptara a alguno de los perros de la protectora. Finalmente, Nacho se decantó por un ratonero valenciano.

Antes de que fuera la madre de Nacho a recogerlo, siguió hablando con Nacho y quedaron para verse en la próxima actividad de Ocio: Una cena para celebrar que María iba a ser contratada como jardinera.

21. Ludopatía

Juan estaba que se subía a las paredes por no poder apostar en las máquinas de tragaperras del bar, ya que su familia le había quitado el acceso al dinero.

Un día no aguantó más y en las clases del centro ocupacional, Rebeca tenía la mochila abierta y con disimulo, mientras Rebeca estaba en el baño, él le cogió su cartera.

Más tarde Juan vio que Rebeca solo llevaba 5 euros y un par de monedas, no le pareció suficiente, así que elaboró un plan: Mientras Alfredo estaba tomando un café, le cogió la cartera y le sirvió porque había 70 euros, así que Juan se alegró mucho de que pasaría la tarde apostando, gracias a las dos carteras que tenía en sus manos.

Ni Alfredo ni Rebeca se percataron de que no llevaban la cartera hasta que llegaron a casa. Cuando vieron que no llevaban la cartera, ambos la buscaron sin cesar, pero como era obvio, no la encontraron. Eso a ambos les creo bastante desesperación, pues no solo llevaban dinero, sino el DNI y en el caso de Alfredo tarjetas bancarias. Alfredo volvió al centro ocupacional a buscar su cartera, porque creía que se la había dejado, pero no la encontró y sospechó que se la habían robado. Rebeca y sus padres también pensaron que la había robado alguien y posiblemente algún compañero del Proyecto Incluye.

Mientras Juan, sintió culpabilidad por lo ocurrido, así que decidió devolverles la cartera al día siguiente, aunque no sabía si tendría la misma suerte de que no lo pillaran.

Aun así, Juan decidió gastar el dinero que había en las carteras, él mismo reconoció que eso era de sinvergüenzas, pero no controló su adicción, apostar tanto dinero le generaba mucho placer y pensó que, si ganaba algún premio en la máquina tragaperras, ese dinero que recuperaría sería para devolverlo a Alfredo y a su compañera Rebeca. Pero no gano nada en toda la tarde, es más, perdió dinero y más tarde la confianza de sus seres queridos.

Al día siguiente Alfredo y Rebeca comunicaron que les faltaba las carteras, Juan llevaba las carteras de ambos en su mochila, listas para devolvérselas. Sin embargo, cuando en el centro ocupacional miraron por dentro de la mochila de los alumnos, encontraron las carteras de Rebeca y Alfredo en la mochila de Juan. Y claro, desde ese momento Juan les debía una buena explicación, la cual no dio. Se puso a llorar de arrepentimiento, no quería hacer daño a nadie con su adicción, pero se dio cuenta que estaba haciendo daño y mucho, en el fondo se alegró de que ambos recuperaran sus carteras, pero se lamentó que fuera de esa forma y sin dinero dentro de ellas ~~las carteras~~.

Rebeca, se enfadó mucho con Juan cuando vio que no tenía sus 5 euros, Alfredo también se enfadó mucho, pero decidió por esta vez no gritarle y obviamente no insultarle tal y como Rebeca sí hizo.

Entre lágrimas confesó todo y pidió perdón, Rebeca no quiso perdonarlo, pues en ese momento odiaba a Juan y no pudo pensar en nada más.

Alfredo, aunque tenía un carácter fuerte intentó suavizarlo por empatía hacía Juan, pues no quería causarle más problemas. Pero muy serio le dijo que hablaría con la familia de Juan y que Juan tenía que haberlo pensado más antes de robar carteras, por mucho que después las quisiera devolver.

Juan sin muchas ganas, se sinceró ante David, el psicólogo especializado contra las adicciones. Finalmente lo derivó a una terapia cognitiva conductual.

Juan mejoró mucho con el tiempo y habló con Marian y le dio las gracias por haberse preocupado por él. Pero Juan estaba triste aún, pues había perdido la amistad de sus compañeros del proyecto incluye, ya que Rebeca puso en contra de él a toda la clase.

A veces José le hacía caso a Juan y Karen también le hablaba por whatshaap, pero le hablaban siempre a escondidas o con disimulo, pues Rebeca era muy mandona y rencorosa por mucho que él le pidiese perdón, y aunque lo que hizo Juan estaba muy mal, él ya había decidido cambiar y controlar la adición, ya que jamás volvió a tirar dinero a una máquina tragaperras.

Rebeca no pensó que quizá Juan necesitaba apoyo de sus amigos, pero ella decidió seguir enfadada, el tiempo pasaba y Rebeca le insultaba a Juan casi todos los días.

Finalmente, Victoria, como monitora de Proyecto Incluye se dio cuenta del rechazo que estaban teniendo todos con Juan, en especial Rebeca y tuvo que parar la clase para darles un buen consejo:

-Rebeca, no te digo que seas amiga de Juan, pero quizá deberías ser menos grosera con Juan y dejar que, si alguien quiere juntarse con él, se junte. Esta muy feo insultar a la gente y encima dejarlo sin opción a tener amigos y por muy mal que se haya portado, él ha tenido una adicción. Las adicciones son muy difíciles de controlar y él lo está haciendo últimamente. Además, todos tenemos muchos problemas y si nos tratamos tan mal entre nosotros, los problemas se agravan. Hay que ser amables, no se sabe cómo están las demás personas por dentro.

- ¡Por dentro, Juan está podrido! –dijo Rebeca.

-Rebeca, a ti no te gustaría que los demás te rechazaran. –dijo Victoria.

Rebeca se quedó callada, pues en ese momento recordó que a veces había sido rechazada por su discapacidad, y ahora estaba ella rechazando a gente.

-Siempre me decíais a mí que yo era muy toxica, por pegar portazos y tener prontos, ahora la tóxica eres tú, Rebeca. –Dijo Carla

- A ver Rebeca es verdad que tú eres mi amiga, y me presentaste a las demás amigas, por lo cual te lo agradezco. Pero es verdad que nos estamos pasando mucho con Juan. –Dijo Karen

- ¡Pero Juan robó la cartera a Rebeca y Alfredo! ¡No se puede defender eso! –dijo Diana.

-Juan es mi amigo en secreto. Ahora quiero volver a ser su amigo en público. –Dijo José

- Juan por lo poco que lo conozco era muy majo. Aunque un poco ligón. –dijo Sara.

Rebeca finalmente dejo de insultar a Juan y los demás de la clase, los que quisieron, volvieron a ser amigos de Juan.

También Juan fue fiel a la terapia y el volver a tener a sus amigos del Proyecto Incluye lo ayudó.

22.Donde caben dos, caben tres.

Marta llevaba un tiempo trabajando, a veces no se encontraba bien, sentía nauseas, pero iba a trabajar, todo sea por ese piso con su novio.

Después de hablarlo con sus familias y también Ángela, la jefa del Proyecto Incluye y Juanjo que además de ser preparador laboral, hacia ciertas gestiones en el proyecto de vida independiente del Proyecto Incluye. Su piso para dos llegó.

Las condiciones para vivir en ese piso eran las siguientes:

-Informar con antelación a Proyecto Incluye y a la familia, a quien invitan al piso, también avisar si ocurre algún incidente.

-Tener un horario y control de las tareas de casa.

-Comer saludable.

-Compartir las tareas.

-Un monitor les ayudaría a hacer la compra y también a gestionar el piso, pero solo estaría unas horas y unas cuatro veces por semana, las cuales, depende de cómo avanzarían irían reduciendo.

A Diego y a Marta no les gustaba que Ángela hubiera puesto esas condiciones, no querían que Juanjo ni nadie los controlara, ni creían que necesitaban la aprobación de su familia para ver a quien invitan al piso.

Aun así, estaban contentos en el piso y en el tiempo vieron que si contaban en el apoyo de su familia y el proyecto incluye, gestionaban mejor la vida independiente y los gastos que ello conlleva.

Sin embargo, Marta, empezó a sospechar que estaba embarazada y se lo dijo a Diego.

Marta sin contar nada a nadie, solamente a Diego, se hizo una prueba de embarazo, la cual dejó reposar y finalmente les dio una noticia genial, pero inesperada. ¡Estaba embarazada! Ambos querían ser padres, lo que pasa es que lo querían para más adelante, pues se verían metidos en muchas obligaciones. Pero ambos tenían 30 años y no solo por edad, sino sentían emoción por tener un hijo/a.

Sin embargo, ambos tenían una discapacidad intelectual, Marta tenía problemas en el habla y el aprendizaje y Diego el síndrome de Williams. Y tenían miedo de no dar lo mejor para sus hijos.

Finalmente tuvieron que hablar con sus familias, con Juanjo y Ángela.

Juanjo y Ángela les propusieron abortar, porque un hijo tiene que estar en buenas condiciones y ellos llevaban poco tiempo viviendo en el piso. Sin embargo, tampoco los obligaron a abortar, eran una pareja estable y querían darles un margen de confianza.

La familia de Diego se lo tomó a bien, aunque se sorprendió. Pero la familia de Marta, no lo aprobó. Pues no confiaban en que tuvieran un hijo en condiciones y que es posible que su hijo también tuviera una discapacidad, lo cual dificultaría las cosas.

Marta y Diego, ambos, creían que aborto era una decisión completamente respetable y que no había problema si alguien quería abortar. Pero ellos, pese a las dudas que tenían sobre ser padres, querían tener al bebe. Aunque no lo esperaban en ese preciso momento no querían perder la oportunidad, es cierto que de repente todo estaba yendo muy rápido y tendrían que enfrentarse a numerosos problemas, pero tenían claro lo que querían.

La familia de Marta se interpuso en el camino, hablaron con Ángela, la cual también veía que era complicado que Marta y Diego tuvieran un hijo, por el hecho de la economía, pero que sí que los veía capacitados para tener hijos y que desde Proyecto Incluye se les ayudaría en la crianza del bebe.

Los padres de Marta seguían sin creer que una pareja con discapacidad intelectual pudiera tener hijos y no solo por temas económicos.

Para Diego y para Marta era duro ver como los padres de Marta querían hacer lo posible para interrumpir el embarazo de su hija. Los padres de Marta, Incluso fueron al juzgado a preguntar si era posible tener hijos teniendo una discapacidad intelectual. Pero efectivamente sí, podían tener hijos. Tras la respuesta del juez, discusiones con la pareja, hablar con Proyecto Incluye y los padres de Diego… no les quedó otra, que aceptar que su hija iba a ser mamá.

«Todas las personas con discapacidad en edad de contraer matrimonio tienen derecho a casarse y fundar una familia sobre la base del consentimiento libre de los futuros cónyuges y a decidir de manera responsable el número de hijos». Lo dice la Convención sobre los derechos de las personas con discapacidad de Naciones Unidas, aprobada el 13 de diciembre de 2006 y ratificada por España.

Al llegar a los cuatro meses de embarazo, tras hacerse una ecografía revelaron el sexo biológico del bebe ¡Iba a ser un niño!

Cuando Marta llegó a los seis meses y medio de embarazo cogió la baja en la empresa de limpieza. Diego empezó a mimarla mucho y tocaba el piano para su novia y su futuro hijo.

Los padres de Marta estuvieron bastante ausentes en el embarazo de Marta, cosa que a la pareja les dañaba, en cambio los padres de Diego acompañaban a la pareja a hacerse las ecografías y a comprar ropa para el niño, que probablemente se iba a llamar Gabriel.

La vida de ellos durante esos meses fue bastante relajada pues Marta se cansaba mucho tan punto salía de casa. Así que no podía dar el 100% en las tareas de casa y tampoco llegaba al 50%, pero Juanjo ayudó a Diego a implicarse más en el trabajo de casa. Más adelante ya se repartirían el trabajo de casa, pero ahora Marta necesitaba descansar.

Decidieron no casarse por el momento y el dinero lo gastarían en los cuidados del bebe. Aunque dentro de unos años sí que tenían pensado casarse.

Marta empezó a coger un poco de ansiedad, ya que le daba miedo el parto. Desde Proyecto Incluye le dijeron que confiara en los médicos.

23.Un amor por ocultar

Sara y Carla estaban muy bien, pero Carla aún no había dicho nada a sus padres. Mientras, Sara tenía una confianza plena con sus padres e intentaba ser comprensiva con la situación de Carla, pero quería que Carla fuera sincera con sus respectivos padres.

-Cariño eso no es tan fácil. –Decía Carla.

-Hazlo por nosotras. –Decía Sara.

Ambas estaban frustradas, Carla por el miedo a hablar otra vez de su homosexualidad con sus padres, Sara porque no quería esconderse más, porque no eran "solo amigas" tal y como Carla decía a su familia.

Las paredes de los baños del centro ocupacional eran las únicas sabedoras de la relación de Carla y Sara, cuando empezaron ambas a esconderse para dar rienda suelta a su pasión. Besos, frotamientos, caricias, sexo oral… ¡Ay! ¡Si las paredes hablaran! Y bueno Alfredo, que un día las pillo y les echó una bronca, porque podía haber venido un inspector y las hubiera pillado… Aunque reconoció que un buen dulce no amarga a nadie.

María era la única que sabía más detalles de la relación de Sara y Carla, pero estaba trabajando y no estaba yendo al centro ocupacional.

24. Desprecio.

María era una chica alegre... hasta que empezó a trabajar. No exactamente estaba triste porque tenía trabajo. Pero se sentía muy sola sin sus amigos del Proyecto Incluye, donde era respetada.

Irene, su compañera de trabajo era muy respetuosa cuando venía Carol, la preparadora laboral del Proyecto Incluye correspondiente a María.

Carol la preparadora laboral, era persona de apoyo para María dentro de su trabajo y comprobaba que todo fuera bien.

Carol creyó en que Irene, era una buena compañera de trabajo para María, así que Carol pensó en que no hacía falta que fuera todos los días a ver a María y que ambas se llevarían bien. Se equivocó.

Irene tenía experiencia laboral, María no, así que vio en María un blanco fácil. Y Irene poco a poco se escaqueaba de sus responsabilidades, que las hiciera María.

Irene se enfadaba si María no hacía bien su trabajo, así que María se empezó a sentir culpable y asumió más responsabilidades. ¡Quería ser una buena empleada!

María, con el resto de compañeros tampoco es que estuviera muy a gusto, la consideraban muy infantil y fantasiosa, así que se reían mucho de ella.

Le pedían que contará cualquier batallita y luego cuchicheaban entre ellos y se reían mientras se alejaban de ella.

María, no quiso decir nada a Carol, no quería preocupar a nadie, quizá solo era una mala racha. Pero cada día que pasaba era peor.

Cuando venía Carol, Irene era encantadora. Cuando no estaba Carol, Irene llego a llamar inútil y holgazana a María.

María no dominaba del todo el trabajo, era bastante despistada. Pero en que le recordaran las cosas era suficiente.

Finalmente, María tras llorar todos los días a escondidas, habló con Carol de lo ocurrido. Carol no la terminaba de creer, Irene era encantadora y a veces María disociaba y le costaba distinguir la realidad y la fantasía.

María esperaba con ansia el fin de semana para ir a musicoterapia, donde estaba con sus amigos y amigas, y también ensayar su actuación de Rigoberta Bandini.

También iba a Ocio. Pero cuando llegaba el lunes se deprimía y vuelta a empezar. Se esforzaba mucho por no despistarse en el trabajo y hacer lo correcto. Pero a veces con las burlas de sus compañeros y las palabras como: "inútil "dolían y mucho.

María insistió a Carol, Carol la creyó, pues la expresión que María tenía en la cara era de necesitar ayuda ya.

Carol, habló con Irene que lo negó todo y luego habló con el jefe de la empresa, el cual no sabía nada de lo ocurrido. Así que intentó ver que podía hacer por ella. Finalmente le cambiaron de turno a María para ver si se relacionaba mejor con los compañeros del otro turno. También el jefe pidió a María que comunicara cualquier cosa que ocurriera y lo tendría en cuenta.

Carol volvería a acompañar más a María en su jornada de trabajo. Hasta que se volviera a adaptar.

María, al final aprendió más sobre su trabajo. Ya que sus nuevos compañeros de turno eran más pacientes con ella. Y así María podría aguantar el año que tenía de contrato y podría ser renovada, quizá…

25.Trabajo.

En el proyecto incluye se fomenta también las prácticas laborales, para facilitar que una persona con discapacidad acceda al empleo y vaya cogiendo experiencia.

Los técnicos de Proyecto Incluye eran muy observadores y aunque no había muchas posibilidades de encontrar empleo, ya que vivimos constantemente en crisis económicas, ellos trataban de garantizar a las personas con discapacidad su desarrollo personal y bienestar material. Observaban a las personas para ver en qué perfil podrían entrar laboralmente. Por ejemplo, a muchos los prepararon para unas oposiciones a la administración pública, pues había muchas plazas para personas con discapacidad. A muchas otras personas les recomendaban cursillos del paro, a otras las ayudaban a hacer el curriculum vitae, les acompañaban en entrevistas de trabajo o bien, les ponían en algún lugar a hacer prácticas, con posibilidad de contratación. A veces eran contratados y a veces no, pero siempre aprendían.

A Sara le ofrecieron hacer prácticas en una guardería, ella aceptó y al poco tiempo de empezar en la guardería, se ganó el amor de muchos niños. Le encantaba cantar canciones a los niños y hacerles reír. No le daba tampoco asco cambiar pañales, así que todos estaban muy orgullosos de ella. Pero finalmente no la contrataron, pues no buscaban a nadie. Eso ~~la~~ deprimió a Sara unos días y también a Proyecto Incluye, pero se quedaron con lo aprendido. Otra vez será.

A Karen la aconsejaron que fuera a una escuela de pintura y José a una academia de danza, para desarrollar cada uno su talento.

Y a Rebeca, le dieron prácticas de recepcionista en un centro de estética, donde finalmente decidieron contratarla de forma indefinida.

Nacho, necesitaba también encontrar un empleo que cotizara más que con la ONCE, finalmente lo encontró en una fábrica de vidrio, eso sí con ciertas adaptaciones que se negoció entre la empresa y el Proyecto Incluye por su discapacidad visual.

26. Aceptación

Si la vida en sí, no es fácil, vivir con la condición de tener TOC como Alicia, aún lo dificultaba más.

Andrés no tenía ninguna discapacidad reconocida, eso no los separaba, pues una persona con discapacidad y otra sin discapacidad pueden estar juntas si ambos quieren.

Pero es cierto que a veces era un poco difícil mantener una relación entre ambos, ella era sobreprotectora con él y quería acompañarlo a todos los sitios. También, si Andrés tardaba más de un minuto en llegar al lugar donde habían quedado, Alicia imaginaba lo peor. Andrés era muy comprensivo, aunque nunca se dejaba de sorprender con ella.

Alicia iba perdiendo miedos y vivía mejor, empezaba a disfrutar más de aficiones y de probar cosas nuevas, pero nunca iba a curarse de su enfermedad. Una enfermedad que la hacía tener en su caso, miedo a la suciedad y contaminación, por lo que perdía mucho tiempo de su vida lavándose y desinfectándose o imaginando escenarios catastróficos sin querer, pues no lo podía controlar apenas. Para ella era una odisea entrar en un baño público, ver una mancha, la impuntualidad, los malos olores, tocar el paño de una puerta...

Sin embargo, ella tenía que aceptar que tenía una enfermedad mental, porque una cosa es saberlo y otra aceptarlo. A veces ella dudaba de si Andrés o cualquier persona que estuviera en su vida, la querían, pues ella odiaba tener esa enfermedad mental que jamás se curaría y se veía a sí misma indeseable. El medicamento que tomaba ayudaba, pero necesitaba ser comprendida y alguien que la ayudara a tener autoestima.

Ella intentaba desconectar de sus miedos e inseguridades, cuando estaba con su familia, con Andrés y con las pocas amistades que ~~ella~~ tenía. Realizaba últimamente actividades como musicoterapia con los amigos de Proyecto Incluye y hípica con Andrés. Eso la ayudaba. También su trabajo la hacía gozar de independencia económica. Sin embargo, decidió ir a terapia psicológica, pues a veces no es tan fácil aceptar la propia discapacidad.

Con el tiempo aceptó que ella era así, que valía mucho como persona y que estaba siendo muy valiente al empezar a tener aficiones que la hacían disfrutar. Muchas discusiones que tenían Andrés y

Alicia se disiparon cuando ella entendió que era digna de recibir amor y que sus seres queridos la querían tal y como ella era y no tenía por qué negarse a hacer ciertas actividades.

Por su lado, Karen, también se veía a sí misma como un bicho raro. Era consciente que tenía intereses obsesivos y lo que no entrara en sus intereses obsesivos, lo ignoraba.

Emilio, lo sabía. Él era muy observador. Así que muchas veces Karen no escuchaba mucho cuando hablaban los demás, lo veía aburrido. En cambio, ella podía hablar durante horas sobre dibujo, por ejemplo, o de series de anime que le gustaba ver.

Así que Emilio intentaba hacer de Karen una persona más abierta, pero ella se enfadaba.

- ¡A mí no me vas a hacer cambiar!

Karen, a diferencia de Alicia, aunque sabía que tenía rasgos diferentes y se sentía muy incomprendida por su condición de autista, se aceptaba. Pensaba: "¡Que cambien ellos!"

Ambos tenían razón, Karen debería de salir de vez en cuando de su mundo y escuchar, pero el mundo también tenía que cambiar y ser comprensivo con la gente con autismo.

27. Artistas.

Finalmente, el bar de la Dorada tuvo que cerrar por falta de presupuesto. Emilio se quedó sin trabajo. Emilio y Karen, tenían sus más y sus menos, pero era una pareja que se quería mucho. Se animaban uno al otro, y ahora era Emilio quien lo necesitaba.

Karen le dio un gran consejo a Emilio:

- Ahora la vida te está dando una oportunidad para dedicarte a tu vocación: ¡Eres filosofo! Emprende hacia ello, escribe tus pensamientos y conviértelos en libro.
- No es fácil. No sé si voy a poder, será un proceso complicado. Tienes pajaritos en la cabeza. – Dijo Emilio.
- Aquí tienes una ilustradora para tu libro. – Se ofreció Karen.

Finalmente, Emilio, aunque dudaba mucho de su éxito, escribió, tanto que no podía parar. También aprovechaba el tiempo restante en leer, para así inspirarse y documentarse. También trató de buscar trabajo, pero mientras no obtenía respuesta escribía.

Karen no sabía que Emilio estaba escribiendo, hasta que finalmente él le entregó el manuscrito a Karen. Karen lo leyó y ahí empezó ella a dibujar posibles portadas. ¡Eran un gran equipo! Juntos estaban realizando un sueño.

Cuando Emilio publicó el libro no obtuvo al principio demasiadas ventas ni beneficios, pues cuando escribes un libro, por mucho que te guste hacerlo, nunca se sabe que puede pasar.

Aun así, hay que ser paciente y saber que solo por el hecho de escribir un libro es un éxito. Pero ambos, tanto Emilio como Karen querían vender y él, vivir de escritor y ella de ilustradora. Se desesperaron mucho por no vender ambos querían cumplir su sueño y claro tener un trabajo, ya que ninguno de los tenía. Aún eran ambos muy jóvenes, quizá deberían esperar.

28. ¡Bienvenido a la familia!

Diego y Marta se disponían a dormir juntos, cuando Marta empezó a sentir que estaba mojada. Se asustó mucho, no entendía por qué. Diego también se asustó y se puso nervioso, cuando entendió que había roto aguas y Gabriel tenía que nacer ya. Aunque solo llevaba 8 meses y una semana de embarazo.

¿Y ahora que iban a hacer? El hospital les pillaba algo lejos, no disponían de vehículo propio y había muy pocos buses nocturnos. De pronto recordaron que tanto los padres de Diego como Juanjo de Proyecto Incluye, estarían ahí para lo que hiciera falta. Así que llamaron a los padres de Diego, que fueron tan rápidos como pudieron, aun así, con los nervios les llamaron varias veces, eran muy impacientes y más en esta en esta situación.

Llegaron al hospital, y los atendieron. La tensión subió al ver que Marta, aunque había roto aguas, no se ponía de parto. Había que esperar para ver la carita de su hijo.

Marta pensó mucho en sus padres, que tanto habían impedido su maternidad, pero aun así los quería mucho y pensó en llamarles, pero tenía miedo a cómo podían reaccionar. Finalmente los llamó, pues ya estaban avisando a todos.

Sus padres para sorpresa de Marta, fueron agradecidos con la llamada. Les gustó que su hija pese a todo, los llamó. Pues querían dejar atrás las diferencias que les separaban. Y sus padres en el fondo lamentaban no haber confiado en la capacidad de criar de la pareja.

Marta también había estado muy enfadada con ellos, pero tampoco quería separarse de ellos, sino darles una segunda oportunidad.

Las horas pasaban, y Marta no tenía contracciones. Tenía miedo de que Gabriel no naciera nunca. Finalmente, la matrona decidió hacerle una cesárea. Lo cual fue un respiro para la pareja.

Gabriel nació sano, no llegó a los 3kg porque no llegó a estar los 9 meses en el vientre de su mama. Pero no necesitó incubadora.

A Marta le dolía todo el cuerpo, pero estaba feliz, tenía a su bebe, a su pareja, a sus suegros y… ¡también a sus padres! Los padres de Marta estaban felices también y le pidieron perdón numerosas veces a la pareja, que aceptó el perdón.

Pasaron tres meses y la familia de Marta demostró día a día, que su perdón era sincero, y ayudaban mucho a la pareja. A veces demasiado incluso, pues por miedo a lo que pudiera pasar en la crianza del niño, los visitaban mucho para saber cómo estaba su nieto, y muchas veces ellos hacían las tareas que les correspondía a la pareja... Finalmente Juanjo, en una de sus visitas al piso de Diego y Marta, les aconsejó, que dejaran que, aunque ayudar era buena iniciativa, Diego y Marta tenían que hacer ellos sus propias tareas, de lo contrario se podrían acostumbrar a no hacerlas. Así que a Diego y Marta no les faltó la ayuda de sus familias, ni tampoco de proyecto incluye.

29. Viaje de ocio inclusivo.

En verano, había una costumbre en los grupos de ocio inclusivo de Proyecto Incluye, hacían un viaje a algún sitio que eligieran con anterioridad mediante votaciones de los miembros del mismo grupo de ocio, luego, los monitores del grupo de ocio, hablaban con Celia, la jefa del área de ocio inclusivo del Proyecto Incluye, la cual hablaba con agencias de viajes para buscar hoteles con todas las comodidades y comparaba precios, para ver cuál era más asequible.

El grupo 5, integrado por: Juan, José, Rebeca, Carla, Sara, María, Karen, Diana y Nacho, decidieron junto a sus monitores, Juana y Alberto... ¡Ir a Salou!

Carla y Sara querían dormir juntas, pero por norma del Proyecto Incluye, los padres de ambas tenían que firmar una autorización. Veían conveniente que los padres tenían que ser sabedores de que podían tener las parejas relaciones sexuales, y que esto puede conllevar una enfermedad de transmisión sexual.
Aunque la firma era para informar, Sara y Carla estaban en contra de esa norma.

Pensaron en falsificar la firma, pero al final pensaron que había llegado ante ellas el momento de sincerarse ante los padres de Carla.

Carla llegó a casa, sus padres, normalmente querían estar más rato con ella y últimamente según sus padres, ella estaba saliendo demasiado. Carla tenía que hablar con sus padres estuvieran receptivos o no. Primero hablo del viaje, y tuvo que dar ya todo tipo de explicaciones de cuando, como y cuando se iba, para que sus padres vieran que no había problema en que fuera de viaje.

Sus padres contestaron: Ya veremos...

Carla saco su valentía y dijo:

-Ya tengo novia, se llama Sara y la quiero.

- ¿Queee? –Preguntó su padre.

- ¿Pero iba en serio lo de tu homo...sexualidad? –Preguntó su madre.

- ¿Pero a ver como sabes que es tu novia? – Prosiguió su padre.

-Me gusta, yo le gusto... y nos besamos. –Dijo Carla

-A lo mejor es solo vicio… -Dijo su padre.

- ¿De que la conoces? ¿Cuánto tiempo lleváis juntas? –Dijo su madre.

- Pues el día 20 de este mes haremos los 6 meses, pero no os lo había dicho por vuestro carácter. –Dijo Carla.

-No puede ser… -Dijo su padre.

- ¿Me vais a dejar seguir con ella e ir de viaje con mi novia Sara? –Dijo Carla

- ¿No ibais con el ocio? –Dijo su madre

-Sí, pero ella viene y queremos dormir juntas. – Dijo Carla

Los padres de Carla no dijeron nada, estaban muy atónitos.

-Firmad la autorización. –Dijo Carla imperativamente.

-No vamos a firmar eso, y lo del viaje ya veremos, hablaremos con Celia primero. – Dijeron sus padres.

Tras hablar con Celia, la mujer que organiza los viajes de ocio, los padres de Carla decidieron que Carla sí que podía ir al viaje a Salou, y se pensarían si firmaban la autorización para que

Carla y Sara durmieran juntas. Los padres de Sara ya habían firmado y Carla estaba muy impaciente con la decisión final de sus padres.

Los padres tuvieron que hacerse la idea de que su hija, aunque tuviera una discapacidad, crecía y que tenía derecho tener sexualidad y vivir su sexualidad con quien ella quisiera.

Finalmente se vieron un día Sara y Carla junto con sus padres en un parque, tanto los de Carla, como los de Sara. Los padres de Sara y los de Carla no tenían nada que ver, pero los padres de Carla querían asegurarse de con quién iba su hija.

Los padres de Carla, tuvieron que asumir que entre Sara y Carla había amor, y aunque los padres de Sara parecían muy hippies trataron de tener la mente abierta y firmaron la autorización para que Carla y Sara durmieran juntas.

La noche previa al viaje a Salou todos los del grupo, estaban muy nerviosos y apenas durmieron algunos. Al llegar el día del viaje, en un bus fueron todos a Salou.

Diana y Nacho estaban afianzando su amistad desde que se vieron en la protectora de animales, y Diana empezaba a sentir cariño por Nacho, también atracción, sin embargo, ya no quería arriesgar. Nacho veía en Diana una chica interesante desde hacía tiempo, y le estaba gustando conocerla más. Le gustaba de Diana, que se sorprendía mucho de todo, era muy emocional y también cariñosa.

Karen, echó de menos a Emilio cuando iba rumbo a Salou, pero quería disfrutar de sus amigos.

Juan y José, estaban planeando bromas para sus amigas.

Había muy buen rollo.

Llegaron a Salou a un hotel en primera línea de playa, con una gran piscina, y en cuanto a comida había un buffet y estaba todo incluido en el precio del hotel. ¡Celia sabe mucho de viajes! Los miembros del grupo comunicaron a sus monitores que querían pasear por la playa, tomar muchos helados, bañarse en la piscina y a la noche salir un ratito a bailar en los pubs.

Y así fue, también en Salou había mucha gente inglesa, cosa que a María le encantó ¡Adora a los guiris! ¡Son taaaaan guapos! Las noches de pubs, todos se ponían a bailar con ganas, y sin miedo al ridículo y eso que nadie de ellos bebía alcohol (Juan lo dejó). A Karen le gustaba así las fiestas, divertirse, no beber nada de alcohol y tener a sus amigos al lado. No tardaban mucho a ir al hotel donde, Carla y Sara calentaron bien las sabanas. Al igual que probaron ducharse juntas, les encantaba frotar el cuerpo uno de la otra en busca del placer, que siempre encontraban.

Nacho y Diana, tras haber estado muy juntos en todo el viaje, aunque no durmieron juntos, se empezaron a dar muchas muestras de cariño y se besaron por primera vez en la piscina del hotel.

El penúltimo día, tuvieron un problema y es que estaban tan tranquilamente paseando por la playa, cuando un grupo de adolescentes, se empezaron a reír de físico de Carla, Rebeca y José, pues Jose tenía Síndrome de Down, y se notaba en sus rasgos de la cara. También sospecharon que Carla y Rebeca tenían discapacidad intelectual y les llamaron retrasados. También iban siguiéndoles e imitándoles, en ese momento no estaban los monitores, pero cuando estos llegaron dijeron entre risas:

-Uy, uy ¡cuidado que viene el monitor a defenderos!

Pobres ignorantes, los que se reían de los rasgos físicos de alguien. Pobres ignorantes, los que creen que las gentes con discapacidad son inútiles.

Carla, quería defenderse sola, dándoles una buena patada en los huevos, pero finalmente siguió el consejo de Juana, pasar de esos pobres ignorantes.

Pero es indignante, que aún haya gente que crea que una persona con discapacidad es menos que otra persona que no tiene discapacidad.

Vivimos en un mundo que no nos deja espacio para mostrarnos vulnerables, en cuando se debería respetar la diversidad, tanto el ser fuerte como el ser débil, y ayudarnos unos a otros con los problemas, en vez de agravar los problemas que una persona puede tener.

Las burlas de esa gente causaron tristeza, rabia e indignación al grupo. Aún hay tanto por hacer para una verdadera inclusión social.

Así era la vida de las personas con discapacidad, llena de exclusión social e injusticias. A veces las personas con discapacidad salimos a la calle con más miedo.

Ese día Karen escribió en su blog:

"¿Qué es la discapacidad intelectual?

-Son subnormales?

-NO, No lo son.

-Son normales entonces?

-Depende de cómo veas lo que es normal, las discapacidades existen hay muchas maneras de ser y muchas enfermedades.

Cada persona es un mundo, hay que cogerlo en serio, esta pequeña frase: cada persona es un mundo.

No es ser normal, ni anormal, es ser personas como lo somos cada uno.

Diferentes formas de vida y de ser.

Virtudes y defectos tenemos todos, da igual que tengas un tipo de Autismo, si tienes síndrome de Down, epilepsia, síndrome de Williams, síndrome de ángelman, que si déficit de atención e hiperactividad, o un trastorno del desarrollo o mental, tampoco eres menos si tú enfermedad es rara, ni si te cuesta hablar o moverte.

Valéis más de lo que creéis.

Lo que nos deshumaniza es humillar, maltratar, asesinar y demás, pero no te disculpes por tu forma de ser., Acaso una persona gorda se disculpa porque tiene una característica física que no les gusta a los demás?, gústate a ti mismo y los demás te verán seguro y no te van a discriminar y si te discriminan es su problema.

Te hablo yo, una chica con síndrome de Asperger como ya dije.

Estoy en un centro de personas con discapacidad intelectual.

¿He conocido mucha gente, os acordáis de la película campeones? Esta película trata de un grupo con personas con discapacidad intelectual que quieren ser incluidas y les une el baloncesto, tuvieron un nuevo entrenador de

baloncesto que parecía no aceptarles porque no entendía sobre diversidad funcional.

Y luego lo vi como uno más con ellos.

En el centro en el que yo estoy es inclusivo, pues nos animan a buscar trabajo y nos dan una ayuda para tener trabajo, pero nuestra misión es ganárselo el trabajo que nos guste, y orientarnos.

Que tenemos un equipo el cual nos anima también a estudiar y nos han informado para estudiar oposiciones, y otra gente aprende también a cosas más básicas que también vienen bien, yo también aprendo a arreglar muebles.

Ahí nos facilitan practicar nuestras aficiones de hecho tenemos un grupo opcional de musicoterapia que me encanta ir.

También hay grupos de ocio se trata de ir a sitios que nos gustan con gente que conocemos del mismo centro, nos agrupamos con los grupos que cada uno prefiere y nos podemos cambiar de grupo.

Y en vacaciones a veces viajamos, yo aún no he ido de viaje, pero me gustaría.

Tenemos psicólogos y psicólogas que nos escuchan y nos hacen sentir bien y si hacemos algo mal nos lo hacen ver y nos dan algún que otro consejo.

También nos ayudan entre otras cosas a almacenar el dinero, a convivir, a saber, mantener nuestras relaciones interpersonales, a tener más valores y a poder vivir solos.

Quiero revindicar los derechos de las personas con discapacidad y siendo una persona con una pequeña discapacidad insisto en ello, en un mundo de inclusión.

Pues en este centro nos hemos conocido, reído, hablado, nos hemos besado, abrazado, hemos querido, a veces también nos hemos enamorado, hemos aprendido.

Somos diferentes puede ser, pero cada uno tenemos una pasión.

Que hay gente que tiene discapacidad muy alta, y nunca los he llegado a entender, no todo es de color rosa, pues me agobiado mucho también y hay gente que le cuesta aprender, pero somos muchos (en general, no solo los que tienen discapacidad) los que repetimos los errores una y otra vez, cada uno aprende a su ritmo.

Hay gente que aún no ha encontrado su trabajo, he visto muchas peleas y disputas.

No todos somos amigos.

Personas que hemos mentido, nos hemos criticado entre nosotros, hemos gritado y llorado, hemos dado golpes en la pared. Hemos tenido éxitos y también fracasos.

Porque las personas somos así, perfectamente imperfectas."

Karen tenía una discapacidad bastante invisible, pero no por ello no le afectaban las cosas, empatizaba mucho con la causa de la inclusión social. Ella cuando empezó en el centro ocupacional sentía rechazo a estar con personas con discapacidad, y le preocupaba que podría pensar la gente de ella si iba con esa gente. Pero ya hacía tiempo que estaba encantada con sus compañeros y la labor del proyecto Incluye.

Finalmente, decidieron no hacer caso a lo que los demás dijeran de ellos y ser felices con sus amigos, pareja y familia. Y confiar en que se haría más justicia social.

Disfrutaron de lo quedaba de viaje, aunque las burlas fueron un mal trago, pero no por ello deberían de dejar de ser ellos mismos.

30. Actuación final.

Llegó el día de hacer las actuaciones finales del baile de musicoterapia que habían ensayado con Rosa, la madre de José.

Entre mucha gente que fue a ver la actuación, Fueron a verles las familias de cada miembro de musicoterapia y Andrés, Nacho y Emilio, que amaban mucho a sus novias.

María actuó como Rigoberta Bandini en la canción de Mama, y cuando la canción dijo: "No sé por qué dan tanto miedo nuestras tetas" se quitó el vestido y se quedó con un bodi de color carne ¡Los sorprendió a todos! Y a su alrededor estaba todo su grupo bailando.

Llegó el turno de José junto a todos los del grupo y bailaron muy bien la canción de Slo Mo, de Channel. ¡Pero qué contoneó de caderas y que forma de perrear!

31. Son mis amigos

Cuatro años después de la actuación final de musicoterapia, estaban todos en la cena del verano del Proyecto Incluye, donde todos los monitores y miembros del Proyecto Incluye podían ir.

Todos acudían a la cena con sus mejores galas para esa noche única donde mucha gente se reencontraba.

Karen, se había dado cuenta que, aunque lo suyo era pintar también se le daba muy bien luchar por la igualdad de las personas, y al final se animó a terminar sus estudios y hacer un curso de formación profesional sobre Ayuda a personas en situación de dependencia y en ese momento que estaba cenando con los del Proyecto Incluye acababa de terminar el primer curso de integración social.

Karen, también ganaba dinero como ilustradora, pero era poco.

Emilio iba teniendo éxito con sus libros, así que pronto se iban a independizar juntos.

María hacía tiempo que no trabajaba, pues no le renovaron el contrato de jardinería, a veces perdía la esperanza, le gustaba estar en el centro ocupacional, pero necesitaba un trabajo y estabilidad económica, ya iba a hacer los 25 años.

Alicia tenía las mismas obsesiones de siempre, Andrés y ella habían pasado por muchas discusiones, pero seguían juntos porque finalmente se ponían de acuerdo, se querían y por ello se adaptaban uno al otro, dentro de la medida de lo posible. En el trabajo estaba a veces aburrida, pero tenía estabilidad y desayunaba siempre con su compañera Lola. También se estaba preparando unas oposiciones de promoción interna para pasar de personal laboral fijo a funcionaria y seria auxiliar de administrativo.

Juan, era muy guasón, pero ya nunca más fue adicto a nada. Ahora disfrutaba de la vida con su sentido del humor y haciendo deporte.

José fue con su madre a un concierto donde estaba cantantes de genero urbano y vio a Karol G, Ozuna, Becky G, Natti Natasha y a... ¡Bad Gyal! Había cumplido un sueño. Y cada vez bailaba mejor.

Diana había superado muchas inseguridades, y había dado un giro un tanto radical en su vida:

Salía con Nacho, pero ambos tenían una relación abierta, por lo tanto, estableciendo ciertos límites y comunicándose bien, podían quedar y tener un lio con otras personas, eso sí, siempre con prudencia...

Sara volvió a hacer prácticas en una guardería y finalmente fue contratada, ya que previamente había hecho un curso online con ayuda de Victoria sobre cuidados a niños pequeños.

Sara y Carla seguían juntas. Carla, al igual que María estaba nerviosa porque no encontraba trabajo, y no veía tanto a Sara en el centro ocupacional, ya que Sara si trabajaba. Incluso hubo un tiempo en que Carla tenía muchos celos de que Sara sí que trabajara.

Rebeca seguía trabajando en el centro de estética, y también en su casa empezaba a hacer más tareas de casa, como barrer, fregar los platos, recoger el cuarto y ordenar el armario, ya que sus padres antes veían que le costaba mucho empezar a hacer el trabajo de casa, pues le gustaba demasiado ver la televisión o videojuegos a veces.

Diego y Marta criaron a Gabriel bien, con ayuda de Proyecto Incluye y los familiares. A Marta no le renovaron el contrato por estar de baja de maternidad, Los preparadores laborales de Proyecto Incluye trataron hacer lo posible para que eso no ocurriera, pero la empresa lo tenía claro. Obviamente fue un palo muy grande tanto para Marta, como para sus seres queridos. Menos mal que a Diego más tarde lo contrataron en una tienda de ropa de deporte y le fue muy bien su trabajo, aunque el horario era muy variable. Pero vino muy bien económicamente.

Gabriel había empezado ya educación infantil, y Marta siempre lo acompañaba al colegio, y Diego también, siempre que podía. Lo peor que llevaron de tener un hijo de momento era el no dormir bien por las noches, pues los estresaba mucho, aun así, siempre que Gabriel lloraba lo atendían. Fue difícil también cuando a veces el niño se ponía malo, pues no sabían que hacer en muchas ocasiones, pero poco a poco fueron aprendiendo.

Al terminar la cena, empezó la discomóvil y bailaron todos la canción de Amaral: Marta, Sebas, Guille y los demás. Una canción la cual el estribillo es: ¡Son mis amigos por encima de todas las cosas!

Impresión y editorial: BoD – Books on Demand
info@bod.com.es - www.bod.com.es
Impreso en Alemania – Printed in Germany
ISBN: 9788411238090